Ruth Maria von Kadell entdeckt bei ihren Recherchen, daß der Tod des fünfzehnjährigen Konrad kein Unfall war. Er war Mitglied einer Fahrradgang, die seit Wochen Passanten und Geschäftsleute um ihre Barschaft erleichtert hatte. Als die Jungen den Aktenkoffer eines Geschäftsmannes stehlen, stechen sie dabei in das Wespennest einer rechtsradikalen Verbindung, die versucht, mit allen Mitteln wieder an die gestohlene Tasche zu kommen. Ist es Zufall, daß der Überfall auf einen Frankfurter Verleger, bei dem das brisante Manuskript über eine neofaschistische Verschwörung spurlos verschwand, zur gleichen Zeit stattfindet?

Viola Schatten wurde 1953 in Bonn geboren. Sie studierte Philosophie und Psychologie in München und Paris. 1981 heiratete sie einen Frankfurter Politiker. Ihre ersten Kriminalromane schrieb sie ab 1987 in einem Sanatorium in der Schweiz. Viola Schatten ist ein Pseudonym.

Dies ist ihr vierter Kriminalroman nach ›Schweinereien passieren montags‹ (Fischer Taschenbuch 10282), ›Dienstag war die Nacht zu kurz‹ (Bd. 10681) und ›Mittwoch war der Spaß vorbei‹ (Bd. 11297).

Viola Schatten

Donnerstag war's beinah aus

Kriminalroman

Fischer Taschenbuch Verlag

Originalausgabe
Veröffentlicht im Fischer Taschenbuch Verlag GmbH,
Frankfurt am Main, September 1993

Umschlaggestaltung: Manfred Walch, Frankfurt am Main
Gesamtherstellung: Clausen & Bosse, Leck
Printed in Germany
ISBN 3-596-11592-2

Gedruckt auf chlor- und säurefreiem Papier

Donnerstag, 13. Juli. Scheiß-Kisten! Endlich hatte ich mein neues Büro bezogen. Die Straße trägt den poetischen Namen Niedenau und liegt nicht allzuweit von der Deutschen Bank entfernt, deren Türme ich vom Balkon meines Etablissements aus sehe. Nahe ist auch der momentane Sitz meiner letzten Auftraggeber, von denen ich wohl nie wieder hören werde (zumindest nicht während der nächsten Jahre, die sie gut untergebracht bei Vollpension verbringen werden...).

Es hatte etwas zu lange gedauert, bis ich aus meinem Loch in der Leerbachstraße rauskam. Wie erwartet, war mein Auszug dort begleitet von unzähligen Querelen mit meinem Vermieter, der mir und allen anderen die Jahre über das Leben schwer und die ständigen Mietminderungen leicht gemacht hatte. Zu guter Letzt ließ er mir keine Wahl mehr. Erst auf meine massive Drohung hin, daß ich seinen Schmuddelladen auffliegen lassen, ihn der Zuhälterei überführen und, wenn nötig, ihm auch noch Hausfriedensbruch und Nötigung anhängen könnte, gab er zähneknirschend nach und rückte endlich die Kaution heraus – unverzinst, aber immerhin. Dennoch schaffte er es, in mir ein ungutes Gefühl zu hinterlassen. Ich traute ihm alles zu – vom nachträglichen Rachefeldzug bis zur gesteigerten Terrorisierung der anderen Mieter, die blieben. Auf Vermittlung einer entfernten Bekannten mit eindrucksvoller Visitenkarte fand sich endlich ein neues Büro. Ein gesichtsloses Haus, die Räume aber, die im obersten Stockwerk lagen, waren schön. Bestochen hatte mich letztlich der große Balkon, der einen Teil der Fläche ersetzte, die sonst von der Dachschräge erdrückt worden wäre. Die Niedenau war zwar zeitweilig stark befahren, doch hier oben konnte man es ertragen, und der Gedanke an laue Sommerabende auf dem Dach, mit Freunden und ein paar Flaschen Pinot grigio (im Zweifel auch die romantischere Variante), machten mir die Entscheidung leicht.

Billig ist in Frankfurt ohnehin kein Büroraum mehr, eine Wohnung auch nicht, aber wenn meine Auftragslage so anhielte, dann müßte der Mietpreis zu schaffen sein. Außerdem wohnte ich immer noch und gerne in der WG in der Wielandstraße, zusammen mit meiner Freundin Rosa und meinem Freund (wie auch immer) Udo. Die Miete, die ich dort bezahlte, machte gerade mal ein Viertel der meines Büros aus. Und wer spricht schon von Zweckentfremdung von Arbeitsraum, wenn sich ein Sofa und ein Sessel in den Räumen findet...

Scheiß-Kisten also – die Dinge ein- und auszupacken ist lästig, egal wohin man zieht. Dazu kam, daß der Sommer mit einer Brüllhitze zugeschlagen hatte, die alle vergangenen Jahre bei weitem übertraf. Und das will etwas heißen. Wer sich jetzt noch in der Stadt aufhielt, litt entsetzlich. Die Ozonwerte übertrafen täglich den Grenzwert von 280 Mikrogramm pro Kubikmeter, viele Menschen hatten Kreislaufbeschwerden, tränende Augen, geschwollene Schleimhäute und bewegten sich nur langsam durch die fast leeren Straßen. Vor der alten Oper streckten selbst die Anzugträger mit aufgekrempelten Hosenbeinen ihre Füße in die Bassins der Brunnen, die bereits leichte Algenspuren zeigten. Ich selbst wurde völlig gegen meine Gewohnheit zur Frühaufsteherin. Heute war ich bereits um sieben Uhr in meinem Büro. Zuvor führte ich noch meinen Hund Jekyll, eine englische Bulldogge, aus, dem ohnehin nicht zuzumuten war, später am Tag auf die Straße gejagt zu werden. Schon zu Hause lief er mit so weit heraushängender Zunge durch die Räume, daß wir fürchten mußten, er würde noch irgendwann drauftreten oder zumindest mit ihr den Staubsauger ersetzen.

Zum Auspacken fehlte mir die rechte Lust und so ging es nur äußerst langsam voran. Im Büro standen überall Umzugskartons, leere und volle. Die Küche hatte ich mir als erstes vorgenommen, speziell den Eisschrank, was sich als vorteilhaft herausstellte. Die Regale aber füllten sich nur langsam. Auf dem Weg zum Eisschrank und zurück, das klirrende Glas in der Hand, blieb ich zudem immer wieder am Fenster stehen, das einen wunderbaren Panoramablick auf die glänzenden Türme des Geldes bot. Die symbolische Nähe zu den Tresoren der Macht übte einen anhaltenden Reiz auf mich aus, dem Ehrgeiz nicht unverwandt. Ich fühlte mich wie beim Monopolyspiel auf der Schillerstraße angekommen: noch nicht Besitzerin der Schloßstraße (mit 2 Hotels), aber auch nicht mehr an Badstraße oder Südbahnhof klebend. Zudem würde dieser Blick, wenn er mich schon mit Hoffnung erfüllte, bei zweifelnden Kunden das übrige tun: wer so nahe am Geld siedelt, bei dem kann der Erfolg nicht ausbleiben.

Es war noch nicht einmal halb neun, als das Telefon klingelte. Ich bahnte mir einen Weg durch das Chaos und nahm nach dem sechsten oder siebten Signalton ab. (Dieses Geräusch der modernen Geräte, das unangenehme Erinnerungen an den scheußlich zuverlässigen Elektrowecker der frühen Morgenstunden hervorruft. Aber auch dieses Geräusch klingt irgendwie nach – Geld.)

»Ja, hier HaJo«, kurze Pause, »ich höre, du bist schon bei der Arbeit.«

Dann Schweigen.

Es dauerte einen Moment, bis ich Stimme und Person miteinander in Verbindung brachte.

»Was bleibt einem anderes übrig bei der Hitze, als früh aufzustehen...«, antwortete ich.

»Ach so, ja.« HaJo sprach immer sehr kurzatmig, und es war für weniger eng Vertraute nur schwer zu erkennen, wann er freundlich oder sogar humorvoll sein wollte und wann die trockene Kürze auf den üblichen unwirschen Gemütszustand deutete. Ich hörte aus jeder seiner Äußerungen stets eine unauflösbare Mischung von Vorwurf, beleidigter Ernsthaftigkeit und dem niemals gelingenden Versuch, humorvoll zu sein. Unsere Tonlagen hatten sich noch nie ohne größte Distanz getroffen, obwohl wahrscheinlich jeder von uns immer wieder die Bereitschaft und Sympathie mitgebracht hatte, dem anderen seine Chance zu geben. Irgendwann aber hatten wir unsere Bemühungen, vom anderen verstanden zu werden, eingestellt.

»Hast du zu tun?« fragte mich HaJo als nächstes, und wieder schwieg er nach der Frage, auf die er genauso gut hätte verzichten können, denn die Antwort interessierte ihn nicht.

»Auspacken, einräumen und der ganze Kram. Wenn du meine neue Telefonnummer hast, dann weißt du ja auch, daß ich mein Büro verlegt habe.«

Ich sah keinen Anlaß, den ersten Schritt in Sachen Freundlichkeit zu tun.

»Ja, ich kenne die Umgebung gut. Mir ist das Nordend lieber. Aber manche brauchen wohl die Nähe der Deutschen Bank.« Das war eine seiner typischen Äußerungen. Aber wenn ihm das Wasser bis zum Halse gestanden hätte – hätte auch er seinen Kredit von dort genommen. Doch das ist sein Problem.

»Also, was gibt's?« – ich blieb kurz.

»Ein Auftrag, sofern wir uns auf ein Honorar verständigen können.« Und wieder blieb ein Loch nach HaJos letztem Wort – aber in diesem Fall vielleicht zu Recht.

»Warum nicht«, antwortete ich, »Qualität hat ihren Preis, das weißt du ja, aber ich bin keine Apotheke und verlange unverschämte Honorare nur dort, wo sie bezahlt werden können. Dürfte dir bekannt sein, wie das läuft. Um was dreht's sich?«

»Das würde ich dir gerne persönlich mitteilen. Kannst du vorbeikommen?« Das war auch wieder typisch HaJo. Der Pascha empfängt seine Diener.

»Aufträge nehme ich nur in meinem Büro entgegen, entschuldige!« Ich war auf der Hut. »Das ist ein Prinzip...«

HaJo zögerte nicht lange. »Na ja, so etwas habe ich mir schon gedacht.«

»Du kannst jederzeit vorbeikommen. Im Moment geht's problemlos.«

»Dann in einer halben Stunde«, sprach's und legte auf.

Hans Jochen Fuchs, kurz HaJo, hatte ich vor vielen Jahren durch Udo Manthey, meinen Freund, kennengelernt. Sie waren Berufskollegen, beide mit klassischen achtundsechziger Vergangenheiten. Der eine als Wortführer, der andere gemilderter – dafür nährten beide ihr Bewußtsein zu einem gut Teil aus der Erinnerung. Und beide leisteten damit Beachtliches in ihrem Beruf: Bücher, Bücher und nochmals Bücher. HaJo als Verleger, Udo als Verlag im Verlag, Lektor im besten Sinne.

HaJo blieb konsequenter (obgleich ich sicher bin, daß auch er seine Kompromisse eingegangen war, wenn es ihm auch noch so schwer fiele, diese zuzugeben). Sein Ansehen als Verleger hat er sich verdient – wer ihm dies absprechen wollte, wüßte nicht, wovon er spricht. Seine Verdienste jedoch setzt er ein – da ist er wie viele seiner Kollegen in dieser Funktion zum Ausbeuter geworden und hat sich mit dem einstigen politischen Feind in eine Riege gestellt. Nur eben unter dem Vorzeichen des Idealismus, der leider auch seine verlogenen Seiten hat. Vor allem dann, wenn er die Arbeit vieler zum Ruhme eines Einzelnen, des Herrn, des Gottes, des Paschas, des Patriarchen, des Ehemanns monopolisiert. Und das verstand HaJo aufs beste.

Dennoch, so schrecklich war er auch wieder nicht. Er verlangte eben lediglich mehr Geduld von den anderen, als er bereit war, auf sie zu verwenden. So sind halt die Ordenträger. Des weiteren bleibt erwähnenswert, daß er sich seit Jahren zur Regel gemacht hatte, frühmorgens schwimmen zu gehen, ebenso wie ein anderer Frankfurter Verleger (der sich allerdings für viel erhabener hält und gibt und als einziger an seiner Unfehlbarkeit als Gottvater nicht zweifelt), und zwar im selben Schwimmbad und zur selben Uhrzeit. Auf dem Markt konnte von einem Konkurrenzverhältnis nicht die Rede sein, vielleicht rührte daher der Ingrimm, mit dem der radikale Kleinverleger HaJo Gottvater im Naß zu überrunden suchte.

Er brauchte gerade mal halb so lang wie angekündigt, um vom Nordend unter die kühlenden Schatten der Deutschen Bank zu treten. Es mußte überaus wichtig sein, weshalb er mich engagieren wollte. Trotzdem ließ er sich Zeit, gehetzt war er nie, und sah sich mit leisem Argwohn erst einmal meine neuen Räumlichkeiten an.

»Du expandierst«, meinte er schließlich, obgleich er mein altes Büro nie gesehen hatte.

Ich reichte ihm eine Tasse Kaffee und führte ihn auf den Balkon, der als einziger Bereich nicht vollgestellt war mit dem Umzugskrempel und um diese Zeit noch im Schatten lag. Wir setzten uns auf die beiden Klappstühle, und ich fragte zartest nach, wo ihn die Sandale denn drücke.

HaJo warf mir einen strengen Blick zu und begann: »Alles, was ich dir jetzt sage, ist auf keinen Fall für die Öffentlichkeit bestimmt. Dazu ist es viel zu heiß. Verstehst du?«

Ich nickte.

»Es ist bekannt, daß wir auch politische Bücher verlegen. Darunter manche, die der gängigen Meinung nicht entsprechen.« HaJo blickte versonnen zur Deutschen Bank hinüber.

Ich nickte.

»Und eben darum handelt es sich.« Jetzt sah er mich an.

Ich nickte abermals und fragte mich, ob er noch lange drumherum reden wollte.

»Am Dienstag bin ich überfallen worden.« HaJo schaute wieder über das Balkongeländer hinweg und zuckte mit den Schultern. »Die Polizisten nehmen es als ganz normale Straßengewalt. Wie sie heute gang und gäbe ist, in Orten mit mehr als einem Einwohner. Ich glaube nicht, daß sie recht haben.«

»Jetzt erbarme dich!« Ich verschüttete meinen Kaffee.

»Was war wann, wo, wie, mit wem und warum? Alles der Reihe nach! Was hat dein Verlag mit dem Überfall, der Straßenkriminalität und der Polizei zu tun?«

»Wie üblich verließ ich am Dienstag früh um sieben Uhr dreißig das Schwimmbad. Du weißt ja...«

Ich nickte schnell, um ihn von Erläuterungen abzubringen und zum Thema zu zwingen. Seine Baderunden waren schließlich branchenbekannt.

»Ich war mit dem Rad unterwegs. In der Tasche hatte ich ein Manuskript, dessen genauer Inhalt lediglich dem Autor und mir bekannt ist. Ich wollte es nach dem Schwimmen zu einem gut befreundeten Setzer bringen, ein zuverlässiger Weggenosse aus alten Zeiten sozusagen. Dieses Manuskript birgt nämlich brisanteste politische Sachverhalte, die, wenn das Buch veröffentlicht sein wird, große Unruhe in die Führungsetagen von Politik, Medien und Wirtschaft bringen werden. Es gibt eine ganze Menge Leute, die größtes Interesse daran haben, daß dieses Buch nie erscheint.«

»Moment mal«, unterbrach ich ihn, »also ahnen doch weitere Kreise, was das Buch enthüllen wird?«

»Liebe Ruth Maria«, sagte der Verleger mit Würde, »du kannst dir vielleicht vorstellen, daß Recherchen im heiklen Bereich, selbst wenn sie äußerst diskret durchgeführt werden, ihre Spuren hinterlassen. Der eine fragt beim anderen vorsichtig an, ob er auch eine gewisse Unruhe in seinem Umkreis gespürt hat, ob bestimmte Fragen gestellt wurden, ob Anrufe kamen... Und der Autor ist kein Unbekannter, auf seine Enthüllungen wartet die Branche gewissermaßen. Wie ich eben sagte: der GENAUE Inhalt ist bislang nur dem Autor und mir bekannt. Aber DASS ein solches Buch erscheint, und zwar bei mir, ist seit längerer Zeit ein Gerücht.«

»Das du, auf Öffentlichkeitsarbeit bedacht, vermutlich gehegt und gepflegt haben wirst...«

»Die Wahl und Tendenz meiner Öffentlichkeitsarbeit kannst du wohl getrost mir überlassen. Wenn du andeuten willst, ich hätte fahrlässig...«

»Aber keine Spur!« versuchte ich ihn umgehend zu beschwichtigen. Ein aufgebrachter HaJo ist schwer zu beruhigen, denn das Beleidigtsein ist gewissermaßen sein normaler Aggregatzustand. Jede Phrase war jetzt hilfreich. »Ich wollte nur das Umfeld erkunden.«

HaJo steckte sich ein Zigarillo an und fand den roten Faden wieder.

»Ich fuhr mit dem Rad los und durchquerte gerade die Innenstadt, als ich plötzlich von vier maskierten Radfahrern umkreist wurde. Sie zwangen mich zum Halten, stießen mich vom Rad und schlugen mich zusammen. Ich war nur kurz bewußtlos – ein, zwei Sekunden vielleicht. Dann sah ich, daß meine Aktentasche fehlte.«

»Das war also gegen acht?«

HaJo nickte.

»Wo war das genau?«

»Kurz nach der Einfahrt in die Goethestraße. Ich wollte die Neue Mainzer raus und fuhr quer.«

Ich wunderte mich, daß HaJos dicke Brille nichts abbekommen und er selbst keine sichtbare Schramme vorzuweisen hatte. Doch dies hatte nichts zu bedeuten – jeder geht anders aus solchen Situationen hervor.

»Die Burschen waren längst weg. Und Passanten gab's auch keine, dazu war es noch zu früh. Die Geschäfte öffnen um neun. Auch bei der Hitze.«

HaJo stöhnte leicht und strich sich über die Stirn – die Erinnerung an die Hitze trieb ihm sofort den Schweiß ins Gesicht. »Plötzlich kam ein Polizeiauto mit Blaulicht eingebogen, und die beiden Bullen hielten zielstrebig auf mich. Keine Ahnung, wer sie gerufen hatte. Irgend jemand mußte was gesehen haben. Ich fuhr dann mit ihnen auf die Wache und machte meine Angaben. Gesehen hatte ich nichts, gespürt einiges, verletzt war ich komischerweise kaum – alles in allem wenig. Irgendwann nickten sie sich verständig zu, und einer sagte: ›Jetzt stehen die Säcke auch noch früh auf.‹ Auf meine Frage, wovon die Rede sei, erfuhr ich, daß sie die Bande meinten, die auf Fahrrädern in Frankfurt ihr Unwesen treibt und sich darauf spezialisiert hat, Passanten und Ladenbesitzer dreist zu überfallen.«

HaJo trank den letzten Schluck Kaffee aus seiner Tasse und fuhr fort: »Ich wollte denen ja nichts über den Inhalt des Buches sagen. Ich fragte sie, ob dies die einzige Möglichkeit sei. Sie sagten, eine andere gäbe es nur, wenn ICH einen Verdacht hätte. Und deshalb bin ich hier.«

Ich hielt HaJos vorwurfsvollen Blick aus. Er galt der Welt schlechthin.

»Weshalb hast du nichts von diesem Manuskript erzählt?«

»Ich dachte, du hättest es kapiert! Aber das ist vielleicht ein Generationenproblem.« Eine kurze Pause folgte, in der er mich die ganze Erhabenheit der Achtundsechziger spüren ließ, folgenlos gerichtet gegen Anfangsdreißiger wie unsereinen, die natürlich keine Ahnung haben von den wahren und blutigen Zusammenhängen und vom Klassenkampf. »Das Buch richtet sich gegen das System, das sie vertreten, im Zweifel gegen einige von ihnen selbst und vor allem gegen gewisse Personen auf den übergeordneten Ebenen. Da sind die nicht gerade begeisterungsfähig!«

Jetzt sah ich, daß auch HaJos Hemd von großen Schweißflecken gezeichnet war. Es war gewiß ein heißer Tag, und er würde noch heißer werden. Aber auf dem Balkon war es kühl. Entweder erregte ihn die ganze Geschichte noch immer unmäßig, oder er verbarg sogar vor mir etwas, mit seiner vagen Erzählung.

Ich fragte HaJo, was er von meiner Hilfe erwartete.

»Ich glaube nicht an die harmlose Erklärung der Bullen«, sagte er. »Die ›Rundschau‹ berichtet zwar seit zwei Wochen von irgendeiner Fahrrad-Gang, aber dies war was anderes. Das war sehr gezielt. Da bin ich sicher.«

Ich hatte zwar momentan nicht viel zu tun und wäre um einen Auftrag ganz froh gewesen. Aber aussichtslose Fälle zermürben und langweilen mich, und HaJos Erzählung klang genau nach so etwas. Ein Fahrradüberfall der in letzter Zeit häufigen Sorte, routiniert durchgeführt an einem, der zur falschen Zeit mit einer wichtig aussehenden Aktentasche im Geschäftsviertel Frankfurts herumfuhr – da war ich schon geneigt, den Bullen Recht zu geben. Zumal diese linken Verleger, man weiß es, gern an Selbstüberschätzung leiden.

»Du sagtest doch«, wandte ich vorsichtig ein, »daß außer dir und dem Autor niemand von dem Manuskript wußte – was den konkreten Inhalt betrifft, den Zeitpunkt der Übergabe und so weiter. Wenn du mal deine sonstigen Umstände durchforstest – gibt es sonst nirgends einen Anhaltspunkt?«

HaJo widersprach sofort aufs eifrigste. »Quatsch, das kommt nicht in Frage. Oder glaubst du im Ernst, man wollte mir den Anmerkungsapparat zu einer unserer Klassikerausgaben klauen? Büchner hat ein Menge Sprengstoff, heute noch... aber so gebildet, daß er das verstünde, ist ja gegenwärtig keiner mehr. Nein, der Anschlag galt diesem Manuskript. Das ist eine so große Sache, daß man mit allem rechnen muß. Ein durchorganisierter Apparat! Die haben bessere Drähte, als wir uns ausmalen können. Die müssen dahintergekommen sein!«

»Wer muß hinter was gekommen sein?« Jetzt wurde ich wirklich ungeduldig. »Du wirst mir zugute halten, daß ich mit den großen Zusammenhängen der politischen Entlarvung, anders als deine verdienstvolle Generation, nicht auf vertrautem Fuße stehe. Ich habe gemeinhin mit den kleinen, privaten Schweinereien zu tun – für DEREN Entlarvung werde ich bezahlt. Was die letzten Zuckungen der Revolution betrifft –«

»Keine schlechten Witze bitte. Gerade in Frankfurt...«

Ich verdrehte die Augen. Eine Vorlesung über die große Vergangenheit der Protagonisten der endgültigen lokalen Aufklärung wollte ich mir ersparen. »Kommen wir zur Sache, HaJo. Was steht in diesem Manuskript?«

»Eigentlich kann ich es dir nicht verraten.« Das ›Eigentlich‹ in HaJos Äußerung machte mich hoffen, bald Konkreteres zu erfahren.

»Nun sag schon – ich gebe dir mein Wort, daß niemand davon erfährt. Aber wenn du dir so sicher bist, dann sollte ich die Anhaltspunkte schon kennen.« Ich sah ihn nicht allzu herausfordernd an.

»Es dreht sich um die Enthüllung einer internationalen Loge, deren Mitglieder hohe Vertreter aus Wirtschaft, Politik und Medien sind. Ähnlich wie damals die ›P 2‹. Unter Gelli. In Italien.«

Ich unterbrach ihn. »Die sich ja neu etabliert haben soll...«

»...genau, aber das ist allerhöchstens eine Schwesterverbindung.«

HaJo kam in Fluß und damit auch wieder in ganze Sätze. »Es sind Leute an den Schaltstellen der Macht. Sie bestimmen unseren Alltag mehr, als es der Normalbürger je vermuten könnte, und selbst aufgeklärtere Menschen kommen aus dem Staunen nicht mehr heraus. Mein Autor hat dies unmißverständlich dargestellt und mit unglaublich präziser und mühevoller Recherchearbeit auch belegt. Zeitweilig fand er unter gut erfundenen Vorwänden sogar Zutritt zu den entsprechenden Chefetagen. Hat zwei Büros sogar verwanzt und illegal abgehört. Er arbeitete mehr als fünf Jahre daran und war geschickt genug, sich nicht verdächtig zu machen. Darüber hinaus gelang ihm, allein durch sorgfältige Archivarbeit, eine Reihe von Enthüllungen, und man fragt sich erstaunt, warum vor ihm noch kein anderer hinter diese Zusammenhänge gekommen war.«

»Wo befindet sich dein Autor jetzt?« Ich war neugierig geworden und fragte mich, ob dem Verfasser dieses Teufelswerks nicht eine ganze Mafia an den Fersen hängen müßte.

»Im Ausland. Nach dem Abschluß seiner Recherchen hat er sich für längere Zeit mit unbekanntem Ziel abgesetzt. Ich glaube auch kaum, daß er sich hier wieder blicken läßt, bevor nicht geraume Zeit nach der Publikation verstrichen ist.« HaJo war die stille Begeisterung über seinen Heroismus deutlich anzumerken. Das Blitzen in seinen Augen verriet ihn ebenso wie der große Gestus, mit dem er seine rechte Hand gen Horizont führte - dorthin vielleicht, wo er den Autor vermutete (der ein Blödmann sein mußte, in diesem Sommer gen Süden zu fahren. Und dahin ging der Blick vom Balkon). Dann fuhr er in seiner Geschichte fort, und irgendwann wurden meine Blicke auf die verglasten Banktürme in der Nachbarschaft noch mißtrauischer, als sie es schon immer gewesen waren. Plötzlich folgten Namen auf Namen, die unter normalen Umständen jeden Zuhörer hätten frösteln lassen. Alle durch Zeitungen und andere Medien aufs beste prominent. Und alle diese ehrenwerten Männer hatten nach seiner Darstellung Dreck am Stecken. Das Spektrum reichte von alten Nazis (verurteilt, vorzeitig freigelassen, wieder auf den alten Posten, die Stützen der Marktwirtschaft, Seilschaften aufgebaut, dann pensioniert und ab in die Aufsichtsräte) bis hin zu den neuen Managern, die aus der achtundsechziger Windschattengeneration entsprossen und dumm genug waren, nur noch an den Erfolg zu glauben, und die den alten Herren auf genau den Leim gegangen waren, mit dem sie jetzt selbst kräftig weiterkleisterten und -klebten.

»Das hört sich fast nach ›Opus Dei‹ an«, fiel mir ein.

HaJo nickte. »Sie schnallen sich zwar nicht unbedingt dornenbestückte Gürtel zur Selbstgeißelung um die Oberschenkel, aber Verbindungen gibt's mehr als genug. Der Machtapparat ist völlig durchsetzt, und der Einfluß auf die Gesetzgebung groß. Denke nur mal an einige der Kartellgeschichten, die in den letzten Jahren vollzogen wurden. Mit ministerieller Zustimmung. Denke nur an Vorgänge, die wir kaum zu Ohren bekommen, wie zum Beispiel die Europabeschlüsse aus Brüssel. Die gesamte europäische Gesetzesnorm wird durch sie beeinflußt und zum eigenen Nutzen umgeformt. Es bahnt sich – glaub mir das – eine heimliche Machtübernahme an.«

HaJo griff reichlich hoch. Aber vielleicht war auch

das ein Generationenproblem. Zumindest mußte er mein ungläubiges Gesicht richtig interpretiert haben.

»Eine Verengung der Gesetzesnormen, Veränderungen des Steuersystems, strukturelle Begünstigungen internationaler Verbindungen – all das muß vordergründig noch lange nicht an klassische Diktaturen erinnern«, mahnte er. »Die haben gelernt. Unterschätzen sollte man sie nicht.«

HaJo redete noch einige Minuten weiter, und ich ließ ihn reden. Man lernt ja nie aus. Allerdings wurde es für mich immer schwieriger, einen Ansatzpunkt zu finden, der für eine Aufklärung des Überfalls hätte verwendet werden können. An diese Leute – steckten sie wirklich dahinter – ist so gut wie nicht heranzukommen. Und selbst wenn, dann gäbe es nicht die geringsten Beweise. So konnte der Fall nicht angegangen werden.

»Und wo würdest du ansetzen, an meiner Stelle?« fragte ich HaJo.

»Das, dachte ich, müßtest du besser wissen als ich.« Jetzt hatte er wieder seinen üblichen mißtrauischen Blick, der durch die dicke Brille noch verstärkt wurde.

Ich zuckte ratlos mit den Schultern. »Normalerweise beginnt man mit einer Observierung, und sei es, daß man den Auftraggeber selbst observiert. Fühlst du dich bedroht?«

»Ja, schon. Aber ich glaube nicht, daß ich Angst zu haben brauche. Morgen steht in der ›Frankfurter Rundschau‹ ein Artikel, in dem ein paar Kleinigkeiten angedeutet werden. Im Stil einer Polizeimeldung, mit dem Hinweis auf ein politisch brisantes Manuskript. Außerdem steht darin, daß der Bestohlene, also ich, mehrere Exemplare des Manuskripts bei Anwälten aus dem linken Spektrum hinterlegt habe, um abzusichern, daß diese Informationen nicht unterdrückt werden können.«

»Stimmt das denn?« Ich glaubte nicht, daß HaJo bluffte.

»Natürlich! Du müßtest wissen, daß ich mit solchen Publikationen meine Erfahrung habe.«

»Kannst du an dem Artikel für morgen noch was machen?« Mir war bekannt, daß HaJo überall seine Leute sitzen hatte, auch bei der ›Rundschau‹. »Ich meine, es sollte ein Hinweis rein, der die besagten Kreise hoffen läßt, daß du zu erweichen bist – gegen entsprechendes Entgelt natürlich.«

»Auf keinen Fall.« HaJo entrüstete sich. »Das würde nur schaden und mich seltsam dastehen lassen. Außerdem würde das eher dazu führen, daß ich bedroht werde, als bei der jetzigen Meldung.«

Ich sah ein, daß er auf seinen Ruf achten mußte und darüber hinaus sich schützen wollte. Ein HaJo hätte natürlich gegen keine Summe der Welt auf eine Publikation verzichtet, das versteht sich von selbst.

»Wir müssen aber eine Verbindung herstellen«, wandte ich ein. »Vielleicht melden die sich auch von alleine... Aber dann laß doch wenigstens noch ein, zwei Sätze einfügen, so etwas wie: ›Das Buch wird in jedem Fall im Herbst dieses Jahres erscheinen. In einschlägigen Kreisen löst zweifellos schon diese Erwartung erhebliche Unruhe aus.‹ Damit wäre vielleicht ein Signal gegeben.«

»Und dann? Was dann?« HaJo sah diese Möglichkeit noch nicht, um einen Kontakt herzustellen.

Ich erklärte es ihm. »Wir stellen ein Tonbandgerät neben dein Telefon, zur Aufzeichnung der Gespräche. Du vereinbarst ein Treffen. Die wissen schließlich nicht, daß du mich engagiert hast. Ich biete dir Schutz, zeichne mit einem Richtmikrofon die Gespräche auf, fotografiere die Situation. Dann sehen wir, was dabei rauskommt.«

»Die schicken doch jemanden vor – irgendeinen Handlanger. Da taucht kein einziger von denen auf.« Damit hatte auch ich gerechnet.

»Natürlich. Aber es wäre ein Anknüpfungspunkt, eine erste und wahrscheinlich die einzige Spur, die wir hätten. Wenn der Kuchen erst einmal angeschnitten ist, ergibt sich der Rest von alleine. So ist das immer.«

»Und wenn die mir einen Killer auf den Hals hetzen?« HaJo war offenbar auch Krimileser.

»Dann bin einerseits ich noch da – und andererseits enthält die Zeitungsmeldung bereits die Information, daß du dich abgesichert hast. Die werden dich eher zu kaufen suchen, als dich unter Druck zu setzen. Und wenn, dann ist dies erst die nächste Stufe. Was sich mit Élégance nicht lösen läßt... – Außerdem, überlege mal: Wenn es klappt, dann kannst du eine ungeheure PR-Geschichte daraus machen, wie die Loge versucht hat, das Erscheinen des Buches zu verhindern...«

HaJos Blick flackerte auf. Das saß. »Also gut.« Im Gegensatz zu seinen Augen verriet seine Stimme seine Aufregung nicht. »Ich werde das so arrangieren.«

»Ich komme am Nachmittag vorbei, damit wir das Tonbandgerät installieren können«, bot ich an.

»Laß nur«, HaJo schien stolz zu sein, »so etwas habe ich bereits.«

Ich nickte lediglich, so gern ich ihn auch gefragt hätte, weshalb. Aber einen Vortrag über die Sicherheitsgesetze, die Arbeit des Kapitals und die Rolle des Bundesnachrichtendienstes, in Verbindung mit der kritischen Büchner-Ausgabe der vorletzten Saison... wollte ich denn doch nicht auslösen. Wir verabredeten, daß er mich über alles weitere sofort informieren würde. Dann sprachen wir über das Honorar. Heraus kam ein Betrag, für den andere nicht einmal den Anlasser am Dienstwagen betätigen. Und als HaJo sich kurz vor zehn Uhr verabschiedete, ärgerte ich mich zu spät über den Spartarif und fühlte mich von ihm ausgenommen. Seine Methode ist raffiniert, denn er setzt von vornherein ganz selbstverständlich voraus, daß andere sich für ihn ausbeuten wie er sich selbst für die Literatur ausbeutet. Wer da nicht auf der Hut ist, hat in jedem Fall das Nachsehen.

Ich spülte die beiden Tassen aus und machte mich erneut über die Umzugskisten her.

»Entschuldigen Sie bitte, Frau von Kadell, wenn ich Sie störe. Aber ich muß mit Ihnen sprechen!« Der Mann war unsicher und aufgeregt. Ich kannte ihn. Es war der Filialleiter des Supermarkts um die Ecke unserer WG, und er hatte mir vor kurzem eine ganze Menge Bananenkisten zur Seite gestellt für meinen Umzug. Alphons Bertram kam aus einfachen Verhältnissen und war immer sehr freundlich. Er war heute noch blasser als gewöhnlich – Teint und Körperhaltung sind bei ihm davon gezeichnet, daß er für sein schmales Gehalt bereits morgens um sechs im Laden zu stehen, neue Ware zu empfangen und Müll zurückzugeben hat (was ich genau weiß, weil ich seit meinem Einzug in die WG morgens regelmäßig durch das synthetische Summen der Hebebühnen der LKWs geweckt werde – trotz Kater). Herrn Bertram sah man an, daß Herr Töpfer neuerdings auch sein vermeintliches Umweltbewußtsein auf den Schultern des Filialleiters austrug – dank Verpakkungsverordnung und dem ›grünen Punkt‹, mit dem keiner was anzufangen weiß und der scheinbar widerspruchslos seinen Platz sogar auf Getränkedosen erhält, um später mit allerhand sonstigem Müll vermengt, in krisengeschüttelte Balkanländer exportiert zu werden.

»Ich habe Ihre neue Büroadresse von Ihrer Freundin bekommen.« Herr Bertram stand immer noch in der Tür.

»Kommen Sie doch rein«, bat ich ihn, »aber erschrecken Sie nicht, es sieht aus wie auf dem Schlachtfeld. Ich bin noch beim Einräumen.« Er folgte mir auf den Balkon, nahm Platz auf dem Stuhl, den HaJo erst vor einer Viertelstunde verlassen hatte, und rieb sich nervös die Hände.

»Ich habe mir extra freigenommen«, begann er . »Es ist etwas Schreckliches passiert. Mein Sohn…« Er räusperte sich und hielt sich die Hände so fest, daß sie noch weißer wurden.

»Was ist mit Ihrem Sohn?« fragte ich behutsam.

Herr Bertram schaute mich mit glasigen Augen an. »Konrad ist tot. Überfahren.« Tränen traten ihm in die

Augen, und er suchte nach einem Taschentuch. »Entschuldigen Sie bitte – aber...«

»Schon in Ordnung.« Ich suchte in einer der Kisten nach dem Cognac und schenkte ihm ein Glas ein, das er dankend annahm. Er trank einen Schluck und fing sich etwas.

»Was ist passiert?« Ich bot ihm eine Zigarette an. »Erzählen Sie.«

Herr Bertram brauchte noch einen Moment, dann begann er: »Vorgestern, Dienstag, etwa um 13 Uhr, in der Berliner Straße. In der Zeitung stand es gestern auch.«

Mir war die Meldung entgangen.

»Er fuhr mit dem Rad die Berliner entlang und wurde von einem schwarzen Mercedes angefahren. Er war sofort tot. Die haben ihn einfach überfahren und liegenlassen. Abgehauen sind sie, die Schweine. Verstehen Sie, einfach abgehauen.« Herr Bertram zitterte am ganzen Leib.

»Fahrerflucht also«, sagte ich ohne weitere Absicht.

»Mord!« rief Herr Bertram. »Das war Mord, ein ganz kaltblütiger Mord am hellichten Tag!«

»Aber wer sollte denn Ihren Jungen ermorden?« wandte ich ein. »Einen dreizehn-, vierzehnjährigen Jungen?«

»Fünfzehn«, verbesserte mich Herr Bertram. »Konrad war fünfzehn. Und ich möchte, daß Sie gerade das herausfinden, Frau von Kadell, das heißt, falls ich Sie überhaupt bezahlen kann!«

»Eines nach dem anderen.« Ich kannte mich zu gut: nur nicht überrumpeln lassen, und immer nur einen Sozialfall zur Zeit. Gerade hatte HaJo mich ausgenommen, dabei hatte Bertram Hilfe offenbar nötiger. Aber vermutlich nicht unbedingt die Hilfe einer Detektivin, die er vielleicht nur aufsuchte, weil sie ihm zuerst eingefallen war. »Warum glauben Sie, daß es Mord war, Herr Bertram?«

»Weil die ihn ganz gezielt überfahren haben. Die Straße ist dort breit genug für fünf Autos nebeneinander. Und es war so gut wie kein Verkehr. Konrad war nicht allein. Sein Freund, der vor ihm fuhr, erzählte der Polizei, daß auch er sich nur mit einem Sprung vom Rad hatte retten können.

Das ist eindeutig mehr als ein Zufall. Beide waren gemeint, aber nur Konrad hat's erwischt.«

»Was sagt die Polizei?« fragte ich.

»Ach, die! Fahrerflucht, normaler Unfall. Damit haben sie weniger zu arbeiten, ist doch klar. Die schert auch die Aussage von Konrads Freund nicht. Sie schieben es auf jugendlichen Übermut und behaupten auch noch, daß eine Mitschuld von Konrad nicht auszuschließen sei.«

»Zeugen? Hat irgend jemand das Autokennzeichen notiert?«

Die Berliner Straße ist auch in der Ferienzeit gut frequentiert. Es mußte Zeugen geben.

»Ja, schon. Aber der Wagen wurde so etwa im selben Moment als gestohlen gemeldet, laut Auskunft der Polizei. – Ich kann das alles noch nicht fassen!«

»Haben Sie erfahren, wem der Wagen gehörte?« Herr Bertram wußte es nicht – aber das wäre natürlich herauszubekommen.

»Erzählen Sie mir von Konrad. Hatte er Feinde? Was trieb er in seiner Freizeit? Mit wem hatte er Umgang? Hatte er eine Freundin?«

Herr Bertram schaute mich hoffend an. »Sie helfen mir also?« wollte er wissen.

»Das kann ich noch nicht sagen. Erzählen Sie mir bitte, was Sie wissen.« Ich rang mit mir. Natürlich wollte ich ihm helfen, aber zuvor mußte ich erfahren, ob seine Zweifel an den Folgerungen der Polizei berechtigt waren oder ob hier ein Vater einfach aus Schmerz über den Verlust seines Sohns die Wirklichkeit mit verzerrtem Blick sah.

»Konrad hatte Ferien. Wir wollten nächste Woche an die Ostsee fahren. Er war tagsüber mit seinen Freunden unterwegs, mal im Schrebergarten in Seckbach, mal im Freibad oder halt in der Stadt. Sie fuhren viel mit dem Rad und trieben sich rum, so wie es alle machen. Konrad war ein ganz normaler Junge. Nein, er hatte keine Feinde!« Da schien Herr Bertram sich ganz sicher zu sein, wie jeder liebende Vater. »Sein Freund erzählte aber, daß sie etwa eine

Stunde vorher Krach gehabt hätten mit einem Mercedes-Fahrer. Das übliche zwischen jugendlichen Radfahrern und den Fahrern dicker Wagen. Aber danach seien sie dann durch die Stadt geradelt und hätten den Wagen erst wieder auf der Berliner Straße gesehen. Da er sich beim ersten Mal die Autonummer nicht gemerkt hatte, hielten die Polizisten es für einen Zufall, daß es derselbe Autotyp war. Sie gaben dem keine größere Bedeutung. Verstehen Sie jetzt, Frau von Kadell?« Herr Bertram hoffte auf meine Zustimmung, aber zuvor mußte ich ihm noch einige Fragen stellen.

»Und Konrad hat mit seinen Freunden nicht irgendwelchen Unfug gemacht?« Ich schaute Herrn Bertram streng an, doch er blieb fest.

»Nicht mehr als andere Jungs in dem Alter!«

»Wieviel waren sie denn immer, wenn sie sich trafen?«

»Sechs, sieben. Fünf Jungs, zwei Mädchen«, antwortete er.

»Und alle mit dem Rad?« Etwas trieb mich zu der Frage.

»Ja, alle!« Herr Bertram zog die Stirn in Falten. Er konnte nicht verstehen, weshalb ich ihn das fragte.

»Haben Sie irgend etwas bei seinen Sachen gefunden, über das Sie sich wunderten?«

»Eigentlich nicht.« Herr Bertram zögerte einen Moment. »Allerhöchstens...«

»Was ist ›allerhöchstens‹?«

»Na ja, ich meine, er hatte mehr Geld bei sich, als ich mir erklären konnte.« Herr Bertram schaute zu Boden.

»Wieviel?« wollte ich wissen.

Er zögerte nochmals. »Achthundert Mark.«

Ich staunte nicht schlecht. »Achthundert Mark? Und das ist nichts Außergewöhnliches für einen Fünfzehnjährigen?«

»Ich wollte es eigentlich nicht sagen. Ich kann mir nicht erklären, woher er das Geld hatte. Meine Frau und ich haben ihm ein ganz normales Taschengeld gezahlt, zwanzig Mark die Woche. Und hin und wieder hat er sich bei mir etwas dazuverdient, er hat mir verladen und die Regale auffüllen geholfen. Aber eine solche Summe… Ich habe mich selbst schon gefragt, ob er das Geld vielleicht gestohlen hat, mit seinen Freunden zusammen. Allerdings habe ich bei der Polizei nicht davon gesprochen. So etwas gibt man doch nicht gerne zu. Schon gar nicht, wenn es sich um den eigenen Sohn handelt.«

»Herr Bertram«, fragte ich ernst, »haben Sie zufällig davon gehört, daß eine Gruppe jugendlicher Radfahrer seit etwa zwei Wochen in der Innenstadt ihr Unwesen treibt?«

»Ja…« Und wieder brauchte der blasse Herr Bertram einen Moment, bis er weitersprechen konnte. »Wollen Sie damit sagen, daß das Konrad und seine Freunde sind?«

Ich schenkte ihm noch einen Cognac ein. »Ausgeschlossen wäre das nicht: das Geld, das Konrad bei sich hatte, die Fahrräder. Natürlich ist das nur eine Vermutung. – Kennen Sie seine Freunde?«

»Um ehrlich zu sein, nein. Er erzählte zwar von ihnen, aber seit Beginn der Sommerferien haben wir uns nicht viel unterhalten. Es sind andere, nicht seine Schulfreunde. Sehen Sie, wenn Konrad Ferien hat, kommt er oft erst nach Hause, wenn ich schon zu Bett gegangen bin. Ich muß jeden Morgen um fünf Uhr aufstehen. Da bleibt nicht viel Zeit, miteinander zu reden.«

Ich nickte verstehend. »Erzählen Sie mir alles von Konrads Freunden, was Sie wissen«, bat ich ihn.

Doch es war wirklich nicht viel. Meine Vermutung wurde aber bestärkt. Ich überlegte, ob die Kids irgend jemandem etwas abgenommen hatten, das diesen Jemand zu harten Vergeltungsmaßnahmen trieb. Aber es fiel mir beim besten Willen keine Antwort darauf ein. Dann noch die Idee, ob die Fahrrad-Gang etwas mit HaJos Fall zu tun hatte. Das zumindest schien mir einer Überprüfung wert.

»Helfen Sie mir trotzdem?« insistierte Herr Bertram.

Ich nickte und sah, wie sich die Spannung in seinem Gesicht etwas löste.

»Und was verlangen Sie dafür?« fragte er vorsichtig.

Meine Forderung war noch bescheidener als jene, die ich HaJo gestellt hatte, doch hatte ich im Falle Bertram kein schlechtes Gefühl danach. Hier war der Dumpingpreis in Ordnung, bei HaJo nicht.

Den 13. Juli hätte ich mir im Kalender unbedingt rot anstreichen müssen. An diesem Tag war ich nicht zum Einräumen meines Büros gekommen, dafür hatte ich schlagartig zwei Fälle am Hals, mein Prinzip gebrochen, immer nur einen anzunehmen, und darüber hinaus meine Arbeitskraft gleich doppelt zu einem Preis verkauft, den ich mir kein weiteres Mal mehr leisten durfte, wenn ich meine gestiegenen Mietkosten brav bezahlen wollte. Und das war eigentlich meine Absicht.

Nachdem ich mich etwa eine Stunde nach dem Abschied meines zweiten Klienten erfolglos mit weiterem Kistenausräumen versucht hatte, beschloß ich, meinen Gedanken nachzugeben. Zuerst rief ich meinen alten Freund bei der Kripo an, Hauptkommissar Ferdinand Kaiser. Nachdem die immer wieder aufflackernde Affäre zwischen uns durch seine endgültige Verlobung im Frühjahr ein seriöses Ende genommen hatte, war eine Bitte einfacher denn je: nun erst waren wir wirklich diese Sorte alter Freunde, die miteinander, eingedenk alter Zeiten, fraglos durch Dick und Dünn geht.

Ich bat ihn darum, mir Einblick in die Akten zu verschaffen, und vor allem, mir den Halter des gestohlenen Unfallwagens ausfindig zu machen. Er versprach, mich am Abend anzurufen. Dann kramte ich irgendwo die Sonnenbrille und eine Baseball-Mütze heraus. Eine kleine automatische Kamera und mein Diktiergerät stopfte ich zusammen mit einem Stift und einem Block in eine kleine Tasche, hängte sie mir über die Schulter und schwang mich aufs Fahrrad. Ich hatte vor, den Nachmittag über durch die Innenstadt zu kurven, in der Hoffnung, die

Fahrrad-Kids irgendwo aufspüren zu können. Eigentlich war es Wahnsinn, sich der Hitze auszusetzen – und trostlos dazu, die abgekämpften Gesichter zu sehen, die in der Stadt geblieben waren. Aber ich hatte schließlich keine Eile und konnte das Rad gemütlich rollen lassen. Da ich ohnehin nicht wußte, wo ich anfangen sollte, war meine erste Station ein freier Stuhl unter einem Sonnenschirm vor dem Operncafé. Bei einer eisgekühlten Coca-Cola rekapitulierte ich die Berichte über die Fahrrad-Gang, die ich in den letzten Tagen in den Zeitungen gelesen hatte.

Dumm konnten sie nicht sein, denn sie nutzten exakt die Schwäche der Polizei und der Stadtsheriffs aus, die in den Fußgängerzonen höchstens zu Fuß unterwegs waren. Und selbst mit einem Polizeiauto mit Sirene und Blaulicht konnten sie niemals so wendig sein wie ein paar durchtrainierte Jugendliche mit ihren Fahrrädern, die zudem zu sechst oder siebt auch noch genug Verwirrung stiften konnten.

Ihr Trick war einfach. Zuerst erprobten sie sich nach italienischem Muster an ein paar Handtaschen, die sie im Vorbeifahren den Leuten entrissen. Dann aber merkten sie schnell, daß größere Beute dort gemacht werden konnte, wo etwas verkauft wird. Trotz der Hitze zogen sie sich für den Moment des Überfalls schwarze Stoffhauben übers Gesicht, die in jedem Motorradgeschäft zu kaufen sind, und die von den Staatsschützern mit dem Vermummungsverbot bei Demonstrationen belegt wurden. Bevorzugte Ziele waren die Läden mit zur Straße geöffneten Verkaufsfenstern, Tabakläden, Zeitungskioske, Trinkhallen, aber auch ein Lederwarengeschäft war dabei und eine Boutique. Die Kids traten so auf, daß Verkäufer oder Kassierer von allen Seiten abgelenkt wurden. Sie sprangen maskiert in alle Ecken der Geschäfte, zogen die Aufmerksamkeit auf sich – und plötzlich fehlte die Kasse. Sie klauten fast nur Geld. Auch das war schlau, denn es machte sie unabhängig von miesen Hehlerkreisen und Erpressungsgeschichten, die dann auf dem Fuße (hier allerdings der

Speiche) folgten. Außerdem waren sie nicht berechenbar, niemand ahnte, wo sie das nächste Mal zuschlagen würden. Es konnte am selben Ort wie am Vortag sein, aber auch in einer völlig abgelegenen Straße. Die Polizei war bereits zu verstärkten Radfahrer-Kontrollen übergegangen, allerdings durchgängig erfolglos geblieben. Erschwert wurde ihre Arbeit natürlich dadurch, daß zu dieser Jahreszeit weit mehr Menschen in die Pedale treten als sonst. Ich war mir sicher, daß auch schon ein paar Mitglieder der Fahrrad-Gang kontrolliert wurden, aber sie einfach nicht festzumachen waren.

Meine Cola war leer. Ich bezahlte und schwang mich wieder auf den Drahtesel. Vielleicht trotz, vielleicht wegen der Hitze war ich plötzlich vom Jagdfieber gepackt, ich wollte die Bande auf Teufel komm raus noch heute aufspüren. Also fuhr ich etwas zügiger durch die Straßen, schaute mir alle Radfahrer genau an und stellte meine Ohren auf Lauschangriffe jeder Art ein. Nach einer halben Stunde rann mir der Schweiß vom ganzen Leib. Die Pause gönnte ich mir dieses Mal unter dem Sonnenschirm eines Eiscafés in der Leipziger Straße in Bockenheim. Dann fuhr ich wieder kreuz und quer durch die Stadt. Im Anlagenpark lagen Fahrräder auf einem Weg, und ich mußte mühsam durch die Wiese treten. Eine Gruppe Jugendlicher hatte sie hingeworfen und saß wenige Meter weiter im Gras. Ich stutzte. Zwei Mädchen waren dabei und vier Jungs. Zufall?

›Vielleicht‹, beschied ich, und entschloß mich, auf einer Bank sitzend zu warten und vielleicht hinterherzufahren, falls sie geschlossen aufbrechen sollten. Außerdem konnte eine weitere Verschnaufpause nicht schaden. Ich steckte mir eine ›Gitane‹ an und wartete. Bei diesen Temperaturen schmeckte nicht einmal das Rauchen so wie sonst. Aber wen die anderen Abschreckungen nicht davon abbringen, der ist für Nebensächlichkeiten wie Geschmack auch unempfindlich: Sucht ist Sucht und kein Vergnügen.

Es dauerte nicht allzu lange, bis ich mich wieder in den

Sattel schwingen mußte. Die Gruppe war nach einer kurzen Beratung aufgesprungen, zu ihren Rädern gerannt und losgefahren. Ich steckte meine Kamera in die Tasche zurück, zwei Bilder hatte ich von ihnen aufs Geratewohl geschossen, und machte mich mit genug Abstand hinter ihnen her. Sie fuhren nicht sehr weit, und ich hatte mehr Glück als Verstand: Ecke Peterstraße und Bleichstraße stellten sie ihre Räder ab, ein Mädchen blieb zur Wache daneben stehen. In Windeseile hatten die anderen sich schwarze Sturmhauben über die Gesichter gezogen. Ich beobachtete sie von der ehemaligen Tankstelle gegenüber. Fünf von ihnen stürmten das Schuhgeschäft an der Ecke, warfen sich gegenseitig Schuhe zu und rannten zwischen den Regalen entlang. Die beiden Verkäufer versuchten sich zu wehren und rannten hinter ihnen her. Auf einmal stand die Kasse unbewacht da, und einer der Jugendlichen machte sich an ihr zu schaffen. Dann ein scharfer Pfiff. Alle fünf stürmten aus dem Laden, zogen die Tür hinter sich zu und klemmten ein Stück Holz zwischen Türgriff und Rahmen. Das hielt die Verkäufer lange genug auf, damit die Bande sich auf ihre Räder schwingen und davonmachen konnte. Ich hängte mich ran. Sie rasten über den Gehweg die Bleichstraße hinunter bis zur Kreuzung mit der Friedberger Landstraße, stachen über die rote Ampel rüber in den Bethmann Park, wo sie bei voller Fahrt die Kapuzen in die Taschen stopften, und fuhren die Berger Straße, eine Eisenbahnstraße, in der verbotenen Fahrtrichtung hoch. Sie legten ein Mordstempo vor, und ich hatte alle Mühe, ihnen zu folgen. Erst als sie den Alleenring überquert hatten, fuhren sie etwas langsamer. Sie blieben auch im oberen Teil auf der Berger Straße durch die Fußgängerzone vor Streifenwagen wohlgeschützt, nahmen die Steigung ohne Mühe und sausten dann die Enkheimerstraße hinunter. Jetzt hörte ich sie immer lauter lachen und Jubelschreie ausstoßen. Mein Herz schlug wie wild, der Schweiß lief mir in breiten Bächen den Leib hinunter, und ich verfluchte alle ›Gitanes‹ und ›Gauloises‹, die ich die letzten Jahre eingepfiffen hatte. Jetzt pfiff die Lunge zurück. Aber ich hatte es dennoch geschafft, trotz meiner Konditionsschwäche, sie nicht aus den Augen zu verlieren, obwohl sich der Abstand zu ihnen allmählich immer mehr vergrößert hatte.

Sie bogen in die Kleingärten-Anlage ein und waren auf einmal von der Bildfläche verschwunden. Ich radelte langsam die Wege zwischen den Gartenzäunen entlang und hielt Augen und Ohren offen. Dann endlich sah ich die Fahrräder an einem der Holzhäuschen lehnen. Ich beschloß, erst einmal wieder zu Atem zu kommen und mir in Ruhe die weiteren Schritte zu überlegen.

Es gab zwei Möglichkeiten: Entweder ich verpfiff die Bande an die Polizei, oder ich versuchte selbst, sie zu stellen. Mit der ersten Lösung wäre vor allem dem staatlichen Vergeltungsanspruch Genüge getan, aber ich hätte es schwer, an die Informationen zu kommen, die ich brauchte und bei den Kids vermutete. Selbst mit meinen guten Kontakten zu ausgesuchten Ordnungshütern würde ich von der Gang rein gar nichts erfahren, befände sie sich erst einmal in staatlichem Gewahrsam. Ich mußte selbst handeln. Immerhin wollte ich wissen, ob sie es waren, die Ha-Jos Tasche geklaut hatten. Und auch mit meinem zweiten Auftrag konnte ich nur weiterkommen, wenn ich von ihnen erfuhr, was an dem Tag geschehen war, als Konrad Bertram überfahren wurde.

Aus der Hütte vernahm ich lautes Gerede. Ich öffnete das Gartentor, das leise quietschte, und schlich mich an das Gartenhäuschen.

»Schecks werden verbrannt!« rief ein Mädchen. »Und zwar jetzt gleich. Das ist wohl klar!«

»Sie hat recht«, hörte ich eine Jungenstimme sagen.

Und dann ein leicht beleidigtes Brummen eines anderen. »Also, hier. Mach schon.«

Dann war es kurz still, und ich vermutete, daß sich der Scheck just in diesem Moment in Rauch auflöste.

Die Hütte hatte zwei Fenster, unter denen ich mich durchschlich, bis ich vor der Tür stand.

›Jetzt mußt du verdammt schnell sein und verdammt entschieden dazu, Maria!‹ sagte ich mir im stillen. Dann riß ich die Tür auf und rief: »Stehen bleiben. Keiner rührt sich!«

»Au, Scheiße«, vernahm ich als erstes, dann gab es einen Mordstumult. Die gingen tatsächlich auf mich los, doch konnte ich die Tür verteidigen. Später schob ich es auf die Hitze, die Sache so dumm angefangen zu haben. Zwei der Jungs rannten geradezu in ein paar saftige Ohrfeigen und rührten sich, völlig verdattert, nicht mehr von der Stelle. Die beiden Mädchen waren ebenso erschrocken, aber die anderen Jungs waren längst durchs Fenster auf und davon.

»Setzt euch hin!« herrschte ich die vier an, die dageblieben waren. Sie trollten sich wortlos auf die Gartenstühle. Auf dem Tisch in der Mitte lag ein Bündel Scheine, das so aussah, als wäre es soeben abgezählt worden.

»Na, wieviel ist es?« fuhr ich eines der Mädchen an.

»Tausendfünfhundert«, antwortete sie mit leiser Stimme und schaute dabei zu Boden.

»Nicht schlecht«, sagte ich. »Und wie viel habt ihr in den letzten beiden Wochen insgesamt zusammenbekommen?«

»Das war das erste Mal«, log einer der Jungs.

»Wie heißt du?« Ich blieb streng.

»Klaus-Peter«, war die Antwort.

»Und weiter?«

»Was wollen Sie denn von uns?« Er versuchte, sich herauszuwinden.

»Dein Nachname!« schnauzte ich ihn an.

»Ist ja gut, Klaus-Peter Dengler.« Er sah mich fragend an.

Dann erfuhr ich die Namen der anderen: Joachim Ziegler, Corinna Zapf, Nicole Sonntag. Klaus-Peter war sechzehn Jahre alt, Joachim vierzehn, Corinna und Nicole waren fünfzehn. Um die Namen der beiden anderen rauszukriegen, mußte ich heftiger bohren. Es waren Jürgen Beier, sechzehn, und Jan Schneider, fünfzehn.

»Und wem gehört diese Hütte hier?«

»Meinen Eltern«, antwortete Nicole und hielt den Blick immer noch gesenkt.

Die vier waren schon rührend schuldbewußt, noch bevor man ihnen irgendwelche Vorhaltungen machte, was ich übrigens nicht im geringsten beabsichtigte. Sie schienen sich zutiefst zu schämen. Ich glaubte, daß sie ihre Raubzüge zwar gerne als Erfolge ansahen, aber vermutlich mit einem ausgiebig schlechten Gewissen zu kämpfen hatten, wenn sie alleine waren. Natürlich hatten sie auch Angst davor, was mit ihnen passieren würde, jetzt, da sie erwischt worden waren. Alles in allem zeugte ihr Verhalten von einem Rechtsbewußtsein, das man bei uns Alten oft vergeblich sucht. Vielleicht kommt der Mensch ja doch gut auf die Welt.

Joachim stellte die Frage als erster. »Sind Sie von der Polizei?«

»Sehe ich so aus?« fragte ich zurück.

Er schüttelte den Kopf. »Nee, nicht die Bohne!«

»Jugendamt?« Corinna, eine blasse Blondine mit kantigem Gesicht, schaute mich wissend an.

»Auch nicht.« Ich hielt mich vorerst zurück.

»Was dann?« Das war Klaus-Peter.

»Ich suche etwas, was ihr gestohlen habt!«

»Wir?«

»Ja, ihr. Und zwar eine Aktentasche, die ihr einem Freund von mir abgenommen habt. Vorgestern.« Ich schaute einen nach dem anderen prüfend an.

»Haben wir nicht!« Klaus-Peter, groß, stark und rothaarig, schien der mit der großen Schnauze in dieser Gruppe zu sein.

»Blöd bin ich nicht!« Jetzt wurde ich laut, ich wollte drohen. »Es geht auch anders!« Dann zog ich meine Kamera aus der Tasche und zeigte sie ihnen. »Es ist alles da drauf! Ich bin euch seit einigen Tagen auf den Fersen, und zu Hause habe ich noch einige Filme voll.« Ich zählte ihnen die Orte auf, an denen sie während der letzten Tage ihr Unwesen getrieben hatten und die ich aus der Zeitung kannte. Das schien Eindruck zu machen. Ich setzte noch eines drauf. »Ihr habt die Wahl. Entweder das Zeug wandert zur Polizei, die euch einbuchtet und dann, nach der Verhandlung, jeden von euch in eine Erziehungsanstalt verfrachtet. Dich, Klaus-Peter, allerdings ins Jugendgefängnis! Mit sechzehn bist du leider schon zu alt fürs Heim. Oder ihr arbeitet mit mir zusammen und erzählt mir haargenau, was ich wissen will. Also, wie sieht's aus?«

Nicole lenkte ein. »Und woher wissen wir, ob Sie nicht doch zur Polizei gehen?«

»Das ist euer Problem!« Mehr konnte und wollte ich nicht dazu sagen, denn ich hatte für mich bisher nicht im geringsten ausgeschlossen, die Ordnungshüter zu informieren. »Also, wo ist die Tasche?«

»Sagen Sie uns erst, wer Sie wirklich sind!« Jetzt machte auch Corinna ihr Schnäbelchen auf. Sie hielt meinem Blick stand, und ich glaubte, daß ich mit ihr am vernünftigsten würde reden können. Deshalb richtete ich meine Antwort ausschließlich an sie. »Ich heiße Ruth-Maria Kadell.« Das ›von‹ ließ ich der Vorsicht halber weg – ich wollte sie nicht verschrecken. »Ich bin Privatdetektivin und habe den Auftrag, eine ganz bestimmte Aktentasche zu finden, die ihr neulich gestohlen habt. Das ist alles.«

»Und was soll in der Tasche drin sein?« fragte Corinna mißtrauisch. Es war völlig klar, daß sie mich vorsichtig zu prüfen versuchte und daß sie in Schweigen versinken würde, wenn ich als Inhalt der Tasche etwas anderes nannte, als sie darin gefunden hatten.

»Ein Berg Papier, Geschäftsunterlagen!« sagte ich.

»Und was ist das wert?« Corinna tastete sich weiter vor.

»Keine Ahnung«, antwortete ich, »da geht es nicht um Geld!«

»Und was ist es Ihren Auftraggebern wert?« Jetzt verstand ich Corinnas Anschleichversuche.

»So nicht!« fauchte ich sie an. »Ihr könnt froh sein, wenn ihr die Tasche los seid und nicht an die Bullen verpfiffen werdet. Meine Auftraggeber können schrecklich ungemütlich werden. Das solltet ihr wissen!« Ein bißchen bluffen würde vielleicht helfen. »Wo ist sie? Ich will sie sehen!«

Klaus-Peter, das Großmaul, schien nun doch weiche Knie zu bekommen. »Los, geben wir ihr den Scheiß! Wir wissen eh nicht, was wir damit tun sollen. Und bevor die noch mal...«

»Halt's Maul«, unterbrach ihn Nicole. Sie schaute ihn böse an, dann stand sie auf und kramte hinter einem Schrank einen Aktenkoffer raus. Sie stellte ihn auf den Tisch. Seine Schlösser waren verbogen, sie hatten sie wohl aufgebrochen. Nur konnte ich mir beim besten Willen nicht vorstellen, daß HaJo einen solchen Koffer sein eigen nannte. Dieser sah aus, wie das typische Utensil des politischen Feindes. Allerhöchste Chefetage!

»Schon besser«, sagte ich und öffnete ihn. Was da drin lag, war nicht, was ich suchte. Es waren Blaupausen von technischen Zeichnungen und Plänen. Ein Metier, von dem ich so viel weiß wie HaJo von den Liebschaften im Pentagon. Ich machte ihn wieder zu. »Wo habt ihr denn den her?«

Die vier schauten mich verständnislos an.

»Ist das nicht der Koffer, den Sie suchen?« Joachim machte große Augen. »Verdammter Mist, sie hat uns reingelegt.«

Seine drei Freunde schienen gleichfalls enttäuscht und wütend zu sein. Jetzt mußte ich schauen, wie ich da raus kam.

»Habt ihr am Dienstag morgen in der Goethestraße einen Radfahrer ausgenommen? Kurz vor acht?«

Sie schüttelten alle vier entschieden die Köpfe.

»Wenn ich Ferien habe, stehe ich doch nicht so früh auf«, sagte Klaus-Peter.

Nicole und Corinna kicherten. »Wir schon gar nicht!«

»Quatsch!« schloß sich Joachim an.

Hier war nicht nur die Übereinstimmung überzeugend. Ich stehe auch nicht so früh auf, wenn man mich nicht dafür bezahlt.

»Und wem gehört dieses Teil?« Ich zeigte auf den Aktenkoffer, der auf dem Tisch lag.

»Gefunden«, sagte Klaus-Peter, zu alter Stärke erwacht und wieder sicherer. Die anderen kicherten. Jetzt fing die Chose wohl von vorne an.

»Also, lassen wir das.« Ich wollte schließlich noch was anderes wissen. Um den Kids die betonte Lässigkeit auszutreiben, die sie an den Tag legten, war ein kleiner Schock wahrscheinlich gerade richtig. »Euer Freund Konrad wurde am Dienstag überfahren. Wie ist das passiert?«

Sie schauten mich erschrocken an. Die Spur von Erleichterung, die soeben noch in ihren Gesichtern zu sehen war, schien wie weggewischt.

»Woher wissen Sie das?« fragte Corinna leise und schaute nicht mich, sondern den Fußboden aufmerksam an.

»Von Konrads Vater«, antwortete ich ihr. »Er glaubt nicht an einen Unfall und will, daß ich herausfinde, wer es war.«

»Connys Vater?« Joachim schaute mich ungläubig an.

»Ja. Kennt ihr ihn?« fragte ich.

Corinna schüttelte den Kopf, und die anderen schlossen sich an.

»Nie gesehen, wir kannten Conny noch nicht so lange«, sagte Klaus-Peter. »Warum glaubt er nicht an einen Unfall?«

»Einer von euch war mit Konrad unterwegs, als das passierte. Und den hätte es auch beinahe erwischt! Wer war das?«

Nicole druckste an einer Antwort herum. »Jan war dabei!«

»Jetzt hört mir mal zu!« Ich hatte mich ebenfalls hingesetzt und versuchte, die richtigen Worte zu finden, um den Vieren ins Gewissen zu reden, das sie in diesem Fall aufs beste verdrängt zu haben schienen. Ich merkte, wie schwer es mir fiel, den richtigen Ton zu finden, und wie wenig ich die Psyche von Jugendlichen kannte. Es ist eigentlich bedauerlich, daß man im Normalfall so wenig Kontakt zu den Jüngeren hat und damit auch einen wesentlichen Teil des Lebens und der Welt verpaßt. Und andererseits täuscht man sich immer im eigenen Alter – so viel älter kam ich mir gar nicht vor, und doch trennten mich Welten von den Vieren.

»Es ist wichtig, Gewißheit darüber zu bekommen, ob es ein Unfall war oder nicht. Stellt euch vor, es hätte jemanden von euch erwischt, und eure Eltern vermuteten, daß ihr Sohn oder ihre Tochter umgebracht wurde. Damit liefen sie dann ihr ganzes Leben rum. Und dann noch was: Ich weiß nicht, was ihr an jenem Tag ausgeheckt habt, aber falls die Sache mit Konrad damit zusammenhängt, dann seid ihr auch nicht mehr sicher! Was war los am Dienstag, Corinna?«

Sie zeigte mit dem Kopf auf den Koffer, der auf dem Tisch lag. »Den haben wir einem Geschäftsmann aus dem Wagen gestohlen. Sonst nichts.«

»Wie, aus dem Wagen?« Das klang schließlich ganz schön dreist.

»Na, aus dem Wagen eben. Er hielt gerade an der Einfahrt zu einer Tiefgarage und mußte warten, bis sich das Tor öffnete. Conny und Jan rissen die hintere Wagentür auf und schnappten den Koffer. Aber es klappte nicht ganz, Konrad wurde die Maske runtergerissen. Dann hauten wir ab. Der Mercedes verfolgte uns, also haben wir uns getrennt und sind in unterschiedliche Richtungen in die Fußgängerzonen abgebogen. So hatten wir ihn erst einmal abgehängt.«

»Wir arbeiten immer so«, sagte Klaus-Peter nicht ohne Stolz – als ginge es darum, in diesem Moment noch die Ganovenehre zu verteidigen. Ich hatte aber eher den Eindruck, er wollte sich und die anderen beruhigen. Je professioneller ihre Zusammenarbeit, um so weniger konnte dem einzelnen schließlich passieren. »Wenn irgend etwas schiefgeht, verstreuen wir uns sofort und treffen uns am selben Abend hier.«

Ich wollte zurück zum Thema kommen; ihre Selbstvergewisserung mußten sie schon ohne mich vornehmen.

»Ein Mercedes, sagst du? Wie sah er aus?« Sollte sich Herrn Bertrams Vermutung doch bestätigen?

»Schwarz. S-Klasse. Mit getönten Scheiben«, sagte Joachim.

»Das war in der Junghofstraße.« Jetzt fingen sie an zu reden. Es war Klaus-Peter, der das sagte. »›WestIndustrie Stahl & Chemie‹. An deren Hochhaus war das.«

»Wir wollten uns später hier wieder treffen. Wir warteten ziemlich lange. Dann kam irgendwann am späten Nachmittag Jan alleine und erzählte uns alles.« Nicole schien mit ihren Nerven zu ringen. »Ja, und dann haben wir den Koffer geknackt und…«

»Und da war dann bloß dieses Zeug drin, und ihr hattet gehofft, eine Menge Kohle zu finden. Stimmt's?« Sie taten mir leid. Das waren keine schlechten Gören, ganz sicher nicht. Es plagte sie, was da gelaufen war, und sie versuchten letztlich nur das, was jeder tut, der Mist gebaut hat: verdrängen. Ich war sicher, daß mit ein bißchen Fürsorge alle vier in ihrem Leben wesentlich bessere Chancen hätten, als es sich mit einer Jugendstrafe zu versauen.

Ich war schon über eine Stunde hier, als die Tür aufging und Jan und Jürgen wieder auftauchten. Sie hatten wohl gehofft, daß ich schon weg wäre. Die beiden, die die Nerven hatten, sofort abzuhauen, waren erwartungsgemäß auch kaltblütiger als ihre Freunde. Corinna sagte ihnen sofort, sie sollten hier bleiben, es sei ohnehin alles raus. Aber erst nach einer längeren Auseinandersetzung, an der ich mich tunlichst nicht beteiligte, fügten sich auch die beiden in die Tatsache, daß es besser sei, der Wahrheit als der Ganovenhaftigkeit die Ehre zu geben.

Jan erzählte, wie Konrad überfahren wurde und er selbst auch nur knapp davongekommen war. »Conny und ich sind noch ein bißchen durch die Fußgängerzone gefahren und wollten dann zum Garten raus. Wir dachten, daß wir sie abgehängt hätten. Aber plötzlich sahen wir sie auf der Berliner Straße wieder. Wir mußten noch ein paar hundert Meter fahren, um in die nächste Seitenstraße verschwinden zu können, und hätten es auch beinahe geschafft. Aber die waren einfach zu schnell. Sie mußten Conny erkannt haben. Ich hörte hinter mir den Aufprall und Conny schreien. Die hatten ihn voll auf die Haube genommen, und dann erwischten sie mich auch beinahe. Aber ich bin abgesprungen und zwischen die parkenden Autos.«

Jan hatte also Schwein gehabt. Er erzählte, er hätte den Polizisten berichtet, daß er und Conny eine Stunde vorher Ärger mit einem Mercedes-Fahrer gehabt hätten. Wegen der Vorfahrt, sagte er. Aber die Polizisten hätten gemeint, dies sei ein typischer Fall von Fahrerflucht, Conny sei eben zu weit in der Straßenmitte gefahren. Und es sei sowieso zum Kotzen mit den Radfahrern, die sich nie an irgendwelche Regeln hielten.

»Du redest immer von ›denen‹«, sagte ich. »Saßen denn zwei in dem Wagen?«

»Ja, das kam mir merkwürdig vor. Denn wir hätten die Tasche nicht geklaut, wenn noch einer im Wagen gewesen wäre. Das war ja gerade die Gelegenheit, dieser Superschlitten mit laufendem Motor, der Fahrer beschäftigt, und die Seitentür dann nicht mal abgeschlossen. Und der Typ war ungeheuer schnell.«

»Kannst du ihn beschreiben?«

Jan überlegte und zuckte dann die Achseln. »Diese Direktionstypen sehen alle gleich aus, im Grunde alle wie mein Alter: mittelgroß und schwer, einigermaßen durchtrainiert vom Golfspielen oder Tennis oder so einem Quatsch. Und natürlich dunkler Anzug, weißes Hemd, Krawatte... Nichts besonderes.«

»Bart, Brille?«

»Weder noch. So glattrasiert und ein bißchen feist. Wie alle eben.«

»Und wie alt ungefähr?«

»Na, ich schätze so vierzig, fünfzig. Wie mein Alter eben...«

Damit war nicht viel anzufangen. Rätselhaft blieb, wo der zweite zugestiegen sein sollte bei der Verfolgungsfahrt. Immerhin klang die ganze Geschichte ziemlich konsistent – trotz der ärgerlichen Tatsache, daß Jan, offenbar voll im ödipalen Schub, in allen Anzugträgern seinen Alten sah und damit als Zeuge wenig hilfreich war. Wenn man seine Erzählung ernst nahm, hatte es sich tatsächlich um eine rücksichtslose Verfolgung gehandelt, bei der alles riskiert und auch in Kauf genommen worden war – natürlich nur zu Lasten anderer. Heute abend würde ich von Ferdinand erfahren, wem der Mercedes gehörte. Aber etwas machte mich doch verdammt stutzig.

»Kann man eigentlich einen neuen S-Klasse-Mercedes klauen?« Die hatten doch dermaßen mit ihrer neuen zukunftsweisenden Technologie bei der Markteinführung geprahlt, daß ich mir kaum vorstellen konnte, daß ein solcher Wagen einfach zu stehlen wäre. Die Kids waren anderer Meinung: »Es gibt nichts, was man nicht klauen kann.«

»Sehen wir uns den Koffer noch mal an«, schlug ich vor. Absichtslos, aber selbstverständlich hatte sich unter uns fast so etwas wie Solidarität herausgebildet. Ich wollte etwas von ihnen, aber sie spürten wohl auch, daß ich ihnen nicht schaden wollte und meine Drohungen eher taktischer Natur gewesen waren. Wir breiteten die Pläne auf den Tischen aus und versuchten dahinterzukommen, was sie darstellten. Aber weit kamen wir nicht.

»Paßt mal auf«, sagte ich. »Ich kenne jemanden, der sich mit solchen Dingen auskennt. Dem möchte ich die Sache gern mal zeigen. Diese Papiere müssen für den Besitzer wohl einigen Wert haben, wenn er nicht davor zurückscheut, das Zeug mit aller Gewalt zurückzuholen.«

Eigentlich konnten sie nichts dagegen haben, daß ich den Koffer mitnahm. Vor allem die Jungen waren sich noch nicht ganz sicher, ob ich sie nicht doch verpfeifen würde. Und das war gut. So konnte ich noch einiges von ihnen verlangen.

»Ihr versprecht mir jetzt, daß ihr die Sache mit den Überfällen laßt. Wenn nicht, also wenn ich irgend etwas davon hören sollte, daß ihr noch mal jemanden ausgenommen habt, dann geht ihr hoch. Klar?«

Sie nickten alle, doch sah ich ihnen an, daß sie keine Freude an dem Gedanken hatten, ihre Goldader aufzugeben.

»Außerdem tätet ihr gut daran, euch in den nächsten Tagen eher im Freibad als in der Stadt aufzuhalten. Und zeigt euch vor allem nicht alle zusammen. Denkt dran, es gibt da jemanden, der euch sucht! Ruft mich morgen um die Mittagszeit an. Dann weiß ich vielleicht mehr.«

Ich kritzelte meine Nummer auf einen Notizzettel – für eine Visitenkarte war es noch zu früh. Dann schwang ich mich wieder aufs Rad, den Koffer auf dem Gepäckträger, und quälte mich die Steigung hoch. Es war bereits 20 Uhr, und ich mußte mich beeilen, denn um diese Zeit war ich mit Udo verabredet, der meine Verspätungen nicht besonders großzügig hinnimmt. Und dann wollte ich zuvor doch noch die Pläne in fachfrauliche Hände übergeben.

Unsere Wohnungsnachbarin kannte ich nur flüchtig. Es ist angenehm an diesem Haus, daß es von sympathischen Leuten bewohnt wird, die den Eindruck machen, daß man sich mit ihnen verstehen würde, daß sie nett sind, und man aber doch nicht sehr viel mit ihnen zu tun hat. Man ist aufmerksam, aber läßt sich in Ruhe.

Renate Schlowitz war vor etwas mehr als zwei Jahren neben uns eingezogen. Eine unscheinbare mittelblonde Brillenträgerin, vielleicht Ende zwanzig, auf die so ziemlich alle Berufsbezeichnungen passen konnten. Früh aus dem Haus, früh zurück und irgendeinen Kakteenfreund zum Liebhaber. Sie war Physikerin an irgendeinem Institut, soviel wußte ich von ihr. Ich hatte Glück, sie war zu

Hause. »Tschuldige bitte, wenn ich störe. Hast du einen Moment Zeit?«

Sie bat mich in ihre Wohnung.

»Wo brennt's denn?« wollte sie wissen.

»Eigentlich beruflich«, begann ich. »Mir wurden ein paar Pläne zugespielt, mit denen ich nichts anfangen kann. Ich kenne mich mit so was nicht aus. Vielleicht könntest du als Fachfrau mal einen Blick darauf werfen?«

»Architektur? Da habe ich auch keine Ahnung.«

Es ist wohl normal, daß man bei der Erwähnung gezeichneter Pläne zuerst an Architektur denkt, selbst wenn man aus einem Metier kommt, das sich solcher Verfahren auch bedient, ohne gleich Häuser damit zu bauen.

»Eher nicht«, ich kramte die Pläne aus dem Koffer. »Mehr in deine Richtung.«

Renate faltete einen Plan auf und sah ihn sich an. Dann nahm sie den nächsten, und ihre Stirn legte sich allmählich in Falten. Beim dritten Plan murmelte sie etwas wie ›Sieht nach Rüstung aus...‹ und nahm den vierten.

»Na klar, das ist ein Zündmechanismus. Schau hier...« Sie wollte mir gerade ihre Wissenschaft beibringen, doch ich winkte ab.

»Rüstung. Sagtest du das gerade?« fragte ich.

»Ja, sieht ganz danach aus. Natürlich kann man einen Zündmechanismus für alles Mögliche verwenden, auch für einen Haartrockner, wenn's sein muß. Und Pläne sind naturgemäß abstrakt. Aber es gibt so gewisse Einzelheiten...« Sie schaute mich an. »Wo hast du das Zeug denn her?«

»Job. Ein Klient!« Mehr wollte ich ihr nicht sagen.

»Das kann kein guter Auftrag sein.« Renate nahm den nächsten Plan. »Dreckiges Geschäft! Hochtechnologie – aber ganz sicher bin ich mir nicht. Wenn du willst, dann kann ich die Dinger am Montag einem Kollegen zeigen, der sich da auskennt, und seine Meinung einholen.«

Montag war mir zu spät. »Früher geht's nicht? Die Sache ist dringend.«

»Wart mal... Vielleicht hat Wolfgang morgen Zeit, er ist nicht jeden Freitag im Institut. Ich rufe ihn an.«

Ihr Wolfgang hatte Zeit. Renate versprach, mich am Freitag zu unterrichten, sobald sie etwas erfahren hatte, und suchte sich zwei Pläne aus. Sie sicherte mir Vertraulichkeit zu, und ich schenkte ihr gerne Glauben. In meinem Beruf ist man permanent auf etwas angewiesen, das es eigentlich nicht geben darf, nämlich Intuition. Wenn ich die nicht hätte, könnte ich einpacken, und ein Restrisiko gibt es sogar bei Kernkraftwerken. Trotzdem, zur Sicherheit, behielt ich die anderen Blätter ein. Es handle sich, so machte ich ihr verständlich, um Beweismaterial, das ich unmöglich aus der Hand geben könne.

Udo war geduldig geblieben. Mit einer Stunde Verspätung machten wir uns auf zum Lohrberg. Über Frankfurt blikkend, wollten wir den Abend auf uns sinken lassen, gemütlich eine Flasche Sekt trinken und seit langem mal wieder einen vertrauten Abend verbringen. Durchaus mit romantischem Ausklang.

Freitag, 14. Juli. Wieder früh im Büro – und nicht nur der Hitze wegen. Einerseits wollte ich weiterkommen damit, die Regale einzuräumen, die Kisten auszupacken und die Arbeitsräume nutzbarer zu machen – immerhin hing ich in zwei Aufträgen, die auch mal Arbeit am Tisch voraussetzten. Andererseits erwartete ich zwei Anrufe, die mir wesentliche Informationen bringen sollten.

Den ersten erhielt ich um neun. Ferdinand Kaiser, Oberbulle bei der Kripo, hatte sich die beiden Akten bringen lassen, nach denen ich ihn gestern gefragt hatte.

HaJo betreffend stand nichts weiter Erbauliches drin.

»Habe ich alles schon gehört«, brummte ich in den Hörer.

»Warum soll ich mir den Kram dann anschauen, wenn du eh schon alles weißt?« brummte er zurück.

»Man sichert sich gern ab«, sagte ich spitz. »Und bei der unschätzbaren Aktenlage, die da unter anderem mit meinen Steuergeldern angehäuft wird, läßt sich ja alles schwarz auf weiß überprüfen.«

»Du scheinst mich mit dem Verfassungsschutz zu verwechseln, von mir aus auch mit der Stasi. Wir kleinen Grünen bei der Polizei haben, weiß Gott, Wichtigeres und Besseres zu tun, als das Leben eines jeden Bundesbürgers im Eins-zu-Eins-Maßstab abzubilden. Und HaJo als Hauptzeuge ist offenbar kein Proust gewesen.«

»Verleger lassen schreiben«, sagte ich. »Und gesprächig ist er nur, wenn es um Büchner geht. Ansonsten bevorzugt er kurze Sätze. Ich kann mir lebhaft vorstellen, wie kurz das Protokoll geworden ist. Aber was steht im anderen Band der gesammelten Werke? Liest du mir was vor?«

»Was willst du wissen?«

»Als erstes, wer der Halter des angeblich gestohlenen Wagens ist.«

»Wieso ›angeblich‹?« Ferdinand schien erstaunt.

»Darauf komme ich später. Mach schon!« Ich hörte im Hintergrund Papiere rascheln, und dann erhielt ich die Auskunft, die kommen mußte.

»Direktionswagen der WestIndustrie in der Junghofstraße. Edler Haufen, steigende Aktien!« Ferdinand zumindest schien dieses Unternehmen nicht unbekannt zu sein.

»Woher kennst du die?« fragte ich.

»Du bist wohl immer noch keine Leserin des Wirtschaftsteils, Marie.« Wie recht er damit hatte.

»Weder begeistert noch regelmäßig. Das meiste verstehe ich ohnehin nicht. Und ›Bunt Vermischtes‹, ›Aus aller Welt‹ und die Feuilletons sagen mir mehr! Aber was hat es auf sich mit der WestIndustrie?«

»Weißt du, Marie, das ist ein Technologiekonzern, der in der Rüstung tätig ist, mal in Verruf kam in Zusammenhang mit illegalen Rüstungsgeschäften mit gewissen Nahost-Staaten und sich genauso schnell wieder davon erholte, wie es die breite Öffentlichkeit und die Presse vergessen haben. Ende letzten Jahres gab es die Meldung, daß sie ein sogenanntes ›Humanes Waffensystem zur Fern-Verteidigung‹ patentieren ließen, und seit einigen Monaten, eigentlich erst seit wir die neuesten Krisengebiete in der Nähe haben, gehen die Aktien hoch. Das ist der Hintergrund in aller Kürze«, sagte Ferdinand.

Ich blieb tatsächlich einen kleinen Moment lang still.

»Sag mal, kannst du dir vorstellen, wie ein solcher Wagen gestohlen werden kann? Ist doch auch Hochtechnologie, wenn nicht sogar ein modernes Waffensystem. Ist es so einfach, eine solche Mühle zu knacken?«

»Profis schaffen auch das. Nur, befürchte ich, daß sie etwas länger brauchen als für deine Rappelkiste.«

»Steht in deinem Märchenbuch eigentlich auch, wo die Kiste gestohlen wurde?«

Und wieder raschelte das Papier.

»Junghofstraße, vor der Firma, steht hier.«

»Eigenartig...« Das kam mir sehr komisch vor.

»Weshalb eigenartig?« wollte Ferdinand wissen.

»Nur so, ich dachte, die hätten eine eigene Tiefgarage. Und außerdem einen Chauffeur, und darüber hinaus...«

Ferdinand unterbrach mich: »...und darüber hinaus hätte irgend jemand vom Empfang der Firma den Diebstahl sehen müssen. Hier steht nämlich, daß der Wagen direkt vor der Eingangstür geparkt war. Und welche Empfangsdame schaut schon schadenfreudig zu, wenn der Wagen ihres obersten Chefs gestohlen wird. Außerdem, wo war der Chauffeur zu dieser Zeit?«

So gefiel mir der Hauptkommissar. Blut geleckt und schon beim Kombinieren.

Wieder raschelte Papier.

»Hat man die Betreffenden befragt, Ferdinand?«

»Ich schau ja schon! – Hier ist die Aussage des Chauffeurs. Er war mit auf der Direktionsetage. Vom Empfang liegt allerdings nichts vor. Na ja, die Kollegen…« Ferdinand seufzte. »Aber dem werden wir doch mal nachgehen…«

»Wäre schon interessant.« Ich war durchaus seiner Meinung und hatte mich schon selbst am Empfang der West-Industrie stehen sehen. Aber ich hatte niemals etwas dagegen, wenn sich jemand anbot, mir Arbeit abzunehmen.

»So, und jetzt rück du mal raus mit der Sprache!« Ferdinand war neugierig geworden. »Wieso riechst du da etwas?«

Ich erzählte ihm von meinen Erlebnissen am Vortag und daß ich einfach dem Jungen, Jan, glauben mußte. Am Ende schien in der Gartenlaube doch ein ganzes Stück von der Wahrheit auf den Tisch gekommen zu sein. Als Ferdinand die Geschichte mit den Plänen im Aktenkoffer vernahm, wurde er hellhörig.

»Hast du was dagegen, wenn ich später bei dir vorbeikomme? Sagen wir gegen elf?«

»Im Gegenteil! Du weißt ja, daß ich meine Geheimnisse gerne mit dir teile. Und ich bin schon gespannt, wie du die Dinge interpretierst. Aber tu mir bitte noch den Gefallen, und schau dir vorher die Empfangsdame der WestIndustrie an. Natürlich nur, wenn du kannst.«

»Genau das hatte ich vor, meine Liebe! – Und du, mach schon mal Kaffee!«

Ich war froh darüber, daß nicht nur ich roch, daß hier etwas angebrannt war. Eine Zigarette später machte ich mich wieder über die Kisten her. Aus dem Grübeln kam ich allerdings nicht mehr raus.

Um zehn Uhr fünfzehn erhielt ich den zweiten Anruf, auf den ich gewartet hatte.

»Hier Renate«, es war meine physikalische Wohnungsnachbarin.

»Wie sieht's aus? Was rausbekommen?« Ich konnte ihre Auskunft kaum erwarten.

»Verdammt ernst, Ruth Maria!« Renate Schlowitz'

Stimme klang ebenso. »Mein Kollege kam aus dem Staunen nicht heraus. Es sind zwei Dinge: einmal ein sehr neuartiger Zündmechanismus für Bomben –«

»Was heißt ›für Bomben‹?« unterbrach ich sie. »Du hast doch gesagt, man könnte auch Lockenwickler mit einem Zündmechanismus versehen?«

»Lockenwickler vielleicht nicht, aber alles, was du sonst willst: Rasenmäher, Cocktailmixer, Bügeleisen, Kugelschreiber. Aber es geht hier nicht um die Funktion, sondern um die Zündungsart. Und die auf den Plänen ist für herkömmliche Sprengköpfe nicht tauglich. Stell dir vor –«

Ich mußte sie ein zweites Mal stoppen, diesmal aus reiner Notwehr. »Ich glaube dir ja sofort, Renate. Sprich einfach mit mir wie mit einer Idiotin. Erkläre mir nichts Technisches, ich bin nicht umsonst zweimal durch die Führerscheinprüfung gefallen. Sag mir nur: Was steht auf dem anderen Blatt?«

»Der zweite Plan zeigt den Aufriß eines Sprengkopfes. Von Wolfgangs Erklärungen habe ich nicht viel verstanden, nur soviel, daß auch dies eine Erfindung sein muß, die es noch nicht sehr lange gibt.«

»Hör an.« Ich war in der Tat von den Socken. »Eigenartig, daß diese Pläne so mir nichts dir nichts auf die Straße gelangen. Die vermutet man doch in einem Safe mit dreifacher Sicherung!«

»Genau das meinte mein Kollege auch. Und genau deshalb besteht er darauf, das Bundeskriminalamt zu verständigen. Ich hoffe nur, daß dich das nicht in Schwierigkeiten bringt. Aber ausreden konnte ich es ihm nicht. Ich hab's versucht, doch er meint, die Sache sei zu schwergewichtig, als daß man darüber hinweggehen dürfte.«

Mir lief es eiskalt den Rücken hinunter – trotz der Hitze, die auch diesen Tag unvermindert beherrschte.

»Und er kennt sich da wirklich aus. Ich meine, ist das sein Spezialgebiet?« Ich mußte ganz sicher sein, daß sich Renates Kollege nicht irrte. Einerseits, weil, wenn seine Analyse stimmte, eine absolut professionelle Organisation hinter solchen Plänen stecken mußte – andererseits, weil ich jetzt damit zu rechnen hatte, daß mich bald das BKA in die Mangel nehmen würde, was genauso unangenehm wäre. Ich war doppelt froh, daß Ferdinand demnächst auftauchen würde. Das gab mir wenigstens die Möglichkeit, meinen Kopf aus der Schlinge des BKA zu ziehen.

Ich dankte Renate verbindlichst und sagte ihr, sie solle sich keine Vorwürfe oder gar Sorgen machen, daß ich durch das Pflichtgefühl ihres Kollegen eventuell in Schwierigkeiten kommen könnte…

Ferdinand kam gegen elf, einen Blumenstrauß im Arm und eine Flasche Moët Chandon in der Hand.

»Die Blumen fürs neue Büro, den Moët für irgendwann später.« Er lächelte, und ich hatte den Eindruck, daß seine Vorstellung von diesem ›irgendwann später‹ der Grund für seine versonnene Miene war.

»Lieb von dir.« Ich umarmte ihn flüchtig. »Komm rein und schau dich um. Ich glaube, das wird ganz nett hier.«

Dann führte ich ihn durch die drei Räume und setzte frischen Kaffee auf. Mittlerweile warfen die ersten Sonnenstrahlen ihr Licht auf einen Teil des Balkons.

»Wie geht es denn Irene?« fragte ich durch den Wasserdampf. Er lehnte lässig am Balkon und geriet, nach seiner Rückenansicht zu urteilen, überhaupt nicht aus der Ruhe.

»Meiner Verlobten geht es glänzend«, sprach er in den knallblauen Himmel hinein. »Sie klagt nicht einmal über meine Überstunden, so gut ist sie gelaunt.«

»Und das macht dich nicht mißtrauisch?« gab ich harmlos seinem Rücken zu bedenken. »So lange kennt ihr euch doch noch nicht…«

Jetzt drehte er sich endlich um.

»Meine liebe, ehemalige, immer noch sehr geschätzte Ruth Maria: was willst du mir damit sagen?«

Im Gegenlicht sah er eher blaß aus.

»Eifersucht war immer schon deine Schwäche«, gab ich in leicht belehrendem Ton zurück. »Ich habe dafür eine

Reihe anderer Charakterfehler. Ich wollte dich nur darauf aufmerksam machen, daß Champagner und deine Gesellschaft gelegentlich zu Ereignissen führen, die für eine Verlobung nicht förderlich sein können. Und dann wollte ich wohl auch wissen, wie deine Irene dazu steht.«

Eine gewisse Erleichterung erleuchtete seine Züge.

»In der Wahl deiner Mittel warst du noch selten zimperlich. Meine Verlobung kannst du getrost meine Sorge sein lassen. Wenn das aber deine Art war, mir klarzumachen, daß du den Champagner lieber mit einem anderen trinkst, hast du dein Ziel erreicht.«

Jetzt nahm ich ihn doch in die Arme.

»Nicht ganz einschnappen«, bat ich, »nur halb. Vergiß nicht, daß wir arbeiten wollten.«

Er drehte sich von mir weg und blinzelte gen Süden. »Okay, okay. Laß uns anfangen.«

Wir brauchten wohl noch einige Zeit, seufzte ich lautlos in Gedanken. Dann nahm ich mir auch einen Stuhl.

»Paß auf, Ferdinand«, begann ich meinen Bericht. »Es hat sich etwas verändert. Ich glaube, daß dieser Koffer, von dem ich dir erzählte, einen hochbrisanten Inhalt hat. Es sieht so aus, als müßten sich deine Kollegen vom BKA dafür interessieren.« Ferdinands Stirn legte sich in leichte Falten, und ich sah, wie eine deutliche Anspannung in seine Haltung fuhr. Schon bei Nennung des Kürzels BKA sorgten sich die meisten Bullen um ihre Kompetenzen. Wenn diese Behörde eingriff, dann hatten alle anderen von vorneherein zurückzustecken. Dann gab es auf einmal Weisungsbefugnis von diversen Ministerien, von deren Existenz man bislang nichts ahnte, und Aktennotizen, vertrauliche Gespräche und Vermerke in den Personalbögen.

»Zumindest haben sie wohl derzeit schon von einem Fachmann, der sich eine Kostprobe zu Gemüte führte, einen Hinweis erhalten.«

»Wieso ist dir das außer Kontrolle geraten?«

»Davon kann kaum die Rede sein. Aber du weißt, daß ich

kaum einen rechten Winkel von einer schiefen Ebene unterscheiden kann...«

»Das eine ist zwei-, das andere dreidimensional.«

»Herzlichen Dank.«

»Immer zu Diensten.«

Ferdinand nickte mit Ingrimm. Vermutlich erinnerte er sich an diverse Autofahrten mit mir, bei denen ich den Wagen in etwas setzte, was ich für eine Parklücke hielt. Vorzugsweise im Ausland natürlich, wo alles behördlich so kompliziert ist.

»Du kennst mein technisches und räumliches Vermögen. Aber ein Blick einer befreundeten Physikerin genügte –«

Er stöhnte auf.

»Hast du die Pläne am Hauptbahnhof kreisen lassen?«

»Keineswegs. Lauter gute Freunde, Namen und Adressen bekannt. Jedenfalls sagte bereits die Physikerin, da müßte ein Fachmann ran. Du verzeihst, daß ich nicht gleich an dich gedacht habe...«

Wahrscheinlich erinnerte er sich an sein technisches Versagen bei einer Fahrt nach Paris, als er an einem Motorschaden scheiterte, der einen Mechaniker nur zum Lächeln brachte. Er schwieg also still und demütig.

»Dieser Fachmann jedenfalls las aus den Plänen, daß es sich um Konstruktionszeichnungen für Zündmechanismen und einen Sprengkopf handeln muß. Ich dachte, ich sag es dir am besten gleich.«

»Das hört sich übel an«, Ferdinand war nun sachlich ernst. »Hat dieser Fachmann wirklich Ahnung?«

»Es sieht so aus. Und ein gutes staatsbürgerliches Gewissen dazu. Denn er bestand darauf, die Pläne zu behalten und sie den Wiesbadenern zu übergeben.«

»Wenn du ›Kostprobe‹ sagst, dann hat er aber nicht alle Pläne erhalten?«

»Nur drei, der Koffer ist voll. Willst du das Zeug mal anschauen?«

Ferdinand wollte. »Ich verstehe zwar vermutlich nichts davon, wie du bereits zart angedeutet hast. Aber sehen will ich die Dinger. Interessiert mich schon, womit wir's hier zu tun haben.«

Ich holte den Kaffee und im zweiten Gang den Koffer. Wir breiteten Plan um Plan auf dem Tisch aus und beugten uns darüber, versuchten zu verstehen und streckten am Ende erfolglos die Waffen.

Ferdinand nahm schließlich den Koffer unter die Lupe, suchte nach Verstecken unterm Futter und fragte: »Sonst war nichts drin?«

»Sonst nichts.« Ich schüttelte den Kopf. »Weder Kugelschreiber noch Notizbuch und leider auch kein Terminkalender oder Adreßbuch. Lediglich diese Pläne.«

»Und vermutlich wimmelt der Koffer von Fingerabdrücken. Von den Kids, von dir und jetzt auch von mir. Dennoch, Marie. Ich möchte ihn sehr gerne untersuchen lassen. Es gibt sonst keine Chance, seinen Eigentümer auszumachen. Falls wir überhaupt jemanden damit in Verbindung bringen können. Und dasselbe betrifft die Pläne. Einverstanden?«

»Grundsätzlich ja«, antwortete ich. »Aber zuvor will ich noch erfahren, was du bei der WestIndustrie lernen konntest. Oder warst du gar nicht da?«

»Natürlich war ich dort.« Ferdinand nahm einen Schluck Kaffee. »Laß mich erst im Büro anrufen. Die sollen jemanden schicken, der den Koffer abholt, damit gleich mit der Untersuchung begonnen wird. Wo ist das Telefon?«

»Hinter der Kiste, am Schreibtisch.«

Ferdinand gab ein paar Anweisungen. Dann berichtete er von seinem Besuch in der Junghofstraße.

»Ich habe der Empfangsdame meinen Dienstausweis gezeigt und ihr gesagt, daß mir die Peinlichkeit passiert sei, den Namen des Herrn zu vergessen, dem am Dienstag der Wagen gestohlen wurde. Und daß ich zu ihm müßte, um noch einige Fragen stellen zu können. Sie hat gelächelt. ›Sie meinen Direktor Sonekamp. Soll ich Sie anmelden?‹

Ich bat darum, mußte aber erfahren, daß der Herr Direktor sich unabkömmlich in einer Sitzung befand.

›Sein Fahrer?‹ fragte ich. ›Ist der im Haus?‹

»Schober?‹ Sie lächelte mich an. ›Nein, der ist im Urlaub.‹

›Seit wann?‹

›Seit Mittwoch.‹

Das machte mich stutzig. ›Wo stand denn der Wagen an besagtem Tag?‹

Sie wies mit dem Kopf zum Parkplatz vor der Tür und sagte lediglich: ›Da!‹

›Hatten Sie am Dienstag Dienst?‹

›Ja, da war ich den ganzen Tag über hier. Weshalb?‹

›Tja, weil ich die ganze Zeit darüber nachdenke, daß es nicht sehr einfach ist, einen solchen Wagen am hellichten Tag zu stehlen. Sie haben nicht zufällig etwas gesehen?‹

›Nein.‹ Sie schüttelte den Kopf. ›Leider gar nichts. Wissen Sie, normalerweise parken unsere Herrschaften ihre Wagen in der Tiefgarage, nicht hier. Deshalb achte ich nicht darauf, was draußen vor sich geht.‹

Ich hab ihr gedankt und mich verabschiedet. Und ich schwöre dir, es ist ganz unmöglich, daß sie einen Diebstahl nicht mitbekommen würde.«

»Und welchen Schluß zieht der Herr Polizist?«

»Es gibt nur zwei Möglichkeiten. Entweder wurde die Karre nicht, zumindest nicht dort, gestohlen. Oder die Dame lügt.«

»Und welche Variante gefällt dir besser?«

»Noch kann ich mich nicht entscheiden.«

»Ich würde auf Lösung Nummer zwei tippen. Ich glaube, die paßt besser ins System.«

»Ich kenne das System noch nicht. Ich sage mir allerdings, selbst eine Rüstungsfirma ist keine Burschenschaft und nicht die Banco di Santo Spirito. Die werden ihre Telefonistin normal bezahlen, das heißt ohne Geheimniszulage, und sie werden sie nicht ohne Not zum Lügen auffordern und sich damit erpreßbar machen.«

»Es sei denn...«

Er schaute mich grinsend an.

»Du hast zu viele Fotoromane gelesen. Nicht alle Telefonistinnen haben ein Verhältnis mit dem Chef. Und seine Kusine wird es auch nicht sein.«

Ich runzelte die Stirn.

»Wie bist du denn mit ihr verblieben?«

»Freundlich und korrekt, so wie es meine Art ist. Du meinst doch nicht...?«

»Exakt das meine ich, Ferdinand. Noch immer kannst du Gedanken lesen, wenn es sich um die meinen handelt.«

»Das kommt überhaupt nicht in Frage. Ich bin doch schließlich kein Gigolo!«

»Aber ein ziemlich gutaussehender Bulle. Wenn nichts anderes möglich ist, wirst du die Dame wohl becircen müssen, bis sie dir geständig ist.«

Ferdinand rutschte unruhig auf dem Stuhl herum. »Für dich als Private mögen solche Methoden Usus sein. Ich weigere mich jedenfalls, es sei denn, als letztes Mittel...«

»Es sei denn, als letztes Mittel«, flötete ich süß. »Ich sehe aber mit Vergnügen, daß dein Interesse, den Fall schnell und konventionell zu lösen, mit dieser Aussicht steigt. Damals, in meinem Fall, warst du nicht ganz so zimperlich.«

»Erstens war ich damals noch nicht verlobt«, sagte er mit komischer Würde, »und zweitens bist du eine Ausnahme. Ich werde die Sache schon anders lösen.«

Die Sache war brisanter, als ich befürchtet hatte. Ferdinand war vor weniger als zwei Stunden gegangen und hatte mich soeben mit Grabesstimme von seinem Büro aus angerufen.

»Ruth Maria«, sonst nannte er mich Marie, »ich muß dich leider ganz amtlich um deinen Besuch im Präsidium bitten. Die Herren aus Wiesbaden sind da und bestehen auf einem Gespräch mit dir.«

»Mist«, fluchte ich, »das ging ja flott. Ernst?«

»Ja.« Ferdinand blieb einsilbig, und ich vermutete, daß er nicht allein war in seinem Büro.

»Ich fahr gleich los; vermute, du kannst im Moment nicht sprechen. Muß ich aufpassen?« Ein schlichtes ›Ja‹ würde ihn nicht verraten, und ich bekam es sogleich zu hören. Wir legten auf, ich zog mir mein verschwitztes T-Shirt vom Leib und wechselte es gegen ein besseres. Dann schwang ich mich aufs Rad und stieg zehn Minuten später die Treppen zu Ferdinands Büro hinauf.

Noch einen Vorteil hatte mein neues Büro. Es war nur noch die halbe Strecke zum Polizeipräsidium, wo ich gewöhnlicherweise mehr Informationen bezog, als ich ablieferte. Jetzt wurde allerdings erwartet, daß ich Auskünfte erteilte. Ferdinands Sekretärin meldete mich an. Zwei besser gekleidete Herren Mitte vierzig erhoben sich von den Stühlen, als ich das Zimmer betrat. Ihre Sakkos hingen über den Stuhllehnen, die Krawatten saßen trotz der Hitze perfekt.

Ferdinand verdrehte die Augen, als sie ihm den Rücken zuwandten. Ich verstand – wahrscheinlich hatte es zuvor Vorwürfe gehagelt, weil er sich Zeit gelassen hatte, sie zu verständigen, und natürlich, weil sie uns einer gewissen Konspiration verdächtigten – und damit ja nicht einmal falsch lagen.

»Teichert«, stellte sich der Größere und Borstenschnittige vor. Er streckte mir die Hand entgegen.

Ich nahm sie und stellte mich mit einem kurzen »von Kadell« vor, in der Hoffnung, daß ein bißchen Adel den Respekt der Herren ansprach. Der andere hieß Miller.

Teichert bat mich, Platz zu nehmen. Ein Blick auf Ferdinand zeigte mir, daß er sich zurückhalten mußte und es ihn ärgerte, wie die beiden BKAler sich seines Büros bemächtigten, als wäre er kaum existent.

»Wir erhielten heute den Hinweis«, begann Teichert, »daß Sie sich im Besitz von Plänen befanden, die militärischer Geheimhaltung unterliegen. Sie stammen aus der Entwicklungsabteilung eines Rüstungskonzerns, wo sie vor kurzem entwendet wurden. Zwei dieser Pläne erhielten wir heute zugespielt. Die anderen erhielten wir soeben vom Kollegen Kaiser. Woher haben Sie sie?«

»Ein Auftrag«, ich zuckte mit den Schultern und lächelte.

»Davon sind wir ausgegangen! Wer ist Ihr Auftraggeber?«

»Der hat damit nichts zu tun«, behauptete ich. »Ich bin rein zufällig während meiner Ermittlungsarbeit zu diesem Material gekommen.«

»Frau Kadell...«

Ich unterbrach ihn herb. »VON Kadell!«

»Frau von Kadell«, Teicherts Tonfall wurde spitz. »Ob Ihr Klient etwas damit zu tun hat oder nicht, beurteilen wir selbst!«

»Das hätten Sie gern! Aber glauben Sie nicht, daß ich mir meine Reputation verderben lasse.« Jetzt wurde auch ich etwas härter. »Ich weiß sehr wohl zwischen zufälligen Funden und dem Kern eines Auftrags zu unterscheiden, Herr Teichert! – Ich habe die Pläne gefunden...«

»...sie sich angesehen und überlegt, wie Sie das Material gewinnbringend losschlagen könnten!« Es war Miller, der sich eingeschaltet hatte.

»Was soll das heißen?« Ich brauste auf. Das war doch wirklich eine gottverdammte Schweinerei.

»Es soll heißen«, sagte Miller, »daß Sie nach einem Weg gesucht haben, das Material zu verkaufen.«

»Quatsch!« Ich mußte ihn angeschaut haben, als wollte ich ihn auf der Stelle erschießen. »Das wissen Sie selbst. Ich habe die Pläne einer Bekannten gegeben, von der ich wußte, daß sie mit der Materie mehr anfangen kann als ich. Und zwar gestern abend, zwei Stunden nach meinem Fund. Heute früh zeigte diese Bekannte die Pläne einem ihrer Kollegen, der Spezialist ist auf dem Gebiet der Waffentechnologie, und dieser wiederum hat Sie informiert, vor vielleicht drei Stunden. – Ich hoffe, wir sind nun alle auf demselben Kenntnisstand!«

Das saß. Die Herren vom BKA hatten nicht damit gerechnet, daß ich Bescheid wußte, auf welchem Weg sie zu ihrem Wissen gekommen waren.

»Also gut. Frau von Kadell, es handelt sich um brisantes Material. Wir müssen wissen, auf welchem Weg es nach draußen kam. Es gibt gesetzliche Grundlagen, die Sie darauf verpflichten, uns Auskunft zu geben. Wo wollen Sie den Koffer gefunden haben?«

»Im Anlagenpark, auf einer Bank in der Nähe des Nebbienschen Gartenhauses. Allein und verlassen!« Ich wußte, daß es einerlei war, was ich erzählte. Die Bereitschaft der Herren, mir zu glauben, tendierte gegen Null.

»Wir nehmen das Material zur Untersuchung mit, Kollege Kaiser! Und wenn wir feststellen sollten, daß Sie uns etwas vorenthalten, Frau von Kadell, das die Aufklärung der Herkunft der Pläne erschwert, dann sind Sie dran! Haben Sie das verstanden?« Mit der Wiesbadener Macht im Rücken schien Teicherts Selbstbewußtsein immens zu sein.

»Und noch etwas: Dies ist jetzt Bundesangelegenheit, Herr Kollege. Sie haben mit dem Fall nichts mehr zu tun. Es ist gut, daß Sie uns informiert haben – wenn auch spät.«

So also war das. Ferdinand hatte die Weißhemden verständigt. Ich hatte die ganze Zeit gerätselt, weshalb sie mich nicht direkt aufgesucht hatten, falls sie meinen Namen von Renates Techniker-Kollegen erfahren haben sollten. Ich warf Ferdinand einen bösen Blick zu.

Teichert und Miller zogen ihre Jacketts an und trugen den Koffer, der in einen Plastiksack gehüllt war, zur Tür hinaus. Lange hatten ihr Besuch und die Unterredung nicht gedauert.

»Sag mal«, ich fuhr Ferdinand an, als die Tür zu seinem Büro wieder geschlossen war. »Weshalb hast du Idiot eigentlich diese Typen informiert?«

»Habe ich gar nicht!« Ferdinand schaute mich verständnislos an. »Die Information kam aus unserem Labor und ging ans BKA und mich gleichzeitig. Die Typen tauchten unangemeldet hier auf, und ich konnte mich lediglich dadurch aus der Affäre ziehen, daß ich die Information, die sie erhalten hatten, zufällig kannte. Darüber hinaus konnte ich ihnen nicht verschweigen, daß ich von dir benachrichtigt wurde. Du hattest mich ja selbst darüber informiert, daß dieser Institutsheini ihnen das Material zuspielte. Flucht nach vorne, Ruth Maria, da bleibt nichts.«

»Ja, und jetzt ist das Material weg, und dir sind die Hände gebunden. Das hast du jetzt davon.« Ich beruhigte mich allmählich. »Nur, ich habe leider gar nichts davon. Mir fehlt Beweismaterial, das ich dringend brauche.«

»Reg dich ab! Wir haben Kopien angefertigt. Das einzige, was fehlt, ist der Koffer – und das ist wohl nicht so tragisch.«

»Und was kommt jetzt alles aus Wiesbaden auf uns zu?« Ich hatte keinerlei Vorstellung davon.

»Die nehmen jede Faser des Koffers auseinander und legen sie unters Mikroskop, dasselbe geschieht mit den Plänen. Dann werden sie damit beginnen, den Fall von innen her aufzuwickeln, und irgendwann nächste Woche stehen sie vermutlich bei dir vor der Tür, oder du erhältst eine Vorladung, und dann mußt du dein Wissen preisgeben. Das wird sich schwerlich verhindern lassen!«

Obgleich Ferdinand über den Verlauf auch nicht glücklich zu sein schien, nahm er ihn aber mit stoischer Gelassenheit. »Mir sind jetzt erst mal die Hände gebunden.«

»Und ich? Was soll ich jetzt tun?« Ich kramte nach meinen ›Gitanes‹ und zog tief durch. »Vor einer Stunde noch hatte ich eine Idee, wie es weitergehen sollte. Aber jetzt habe ich das Material nicht mehr – und schwupp, kann ich den Plan vergessen.«

»Was wolltest du denn tun?« Ferdinand nahm sich eine von meinen Zigaretten.

»Also«, ich begann ihm von meinem Plan zu erzählen. »Ich suchte nach einer Möglichkeit, mit den Eigentümern des Koffers in Kontakt zu treten...«

Es war 15 Uhr 30, als ich aus dem Schatten des Polizeipräsidiums in die stehende Hitze trat, die ohne einen Lufthauch über der Stadt hing und hier an der sechsspurigen Straße ekelhaft abgasgeschwängert war. Es war Eile angesagt, wenn ich noch rechtzeitig bei der Anzeigenannahme der ›FAZ‹ sein und mit großer Überredungskunst eine weitere Kleinanzeige nach Annahmeschluß unterbringen wollte.

»Koffer mit technischen Unterlagen verloren. Großzügige Belohnung! Telefon 7 59 58 57.«

Der Text stand negativ im schwarzen Feld, fünf mal fünf Zentimeter groß. Er mußte auffallen zwischen den anderen Wimmelanzeigen am Samstag. Dann fuhr ich zurück in mein Büro. Die Telefonnummer der WestIndustrie hatte ich schnell gefunden. Ich hoffte, daß Freitag spätnachmittag die Telefonzentrale noch besetzt war. Erst nach dem zwölften Klingeln wurde abgenommen. Ich ließ mich mit dem Direktionssekretariat verbinden und verlangte, Direktor Sonekamp zu sprechen. Obwohl ich mit Engelszungen redete, stellte mich die Sekretärin nicht durch. Dann bat ich sie darum, ihm wenigstens eine Notiz meines Anrufs zu übergeben. Als ich aufgelegt hatte, war ich mir allerdings nicht sicher, ob sie meinem Wunsch nachgekommen war. Ich tippte fünf Zeilen in die Schreibmaschine, ging um die Ecke zum Postamt und ließ das Blatt von dort faxen. Derzeit, kurz genug nach Erfindung dieser Nachrichtenmethode, konnte man noch sicher sein, daß ihre Botschaften mit Priorität behandelt wurden und die Empfänger sie auf den Tisch bekamen. Wahrscheinlich schon in ein, zwei Jahren würde der Ausstoß so groß geworden sein, daß der gute alte Briefumschlag, handbeschrieben und mit Sondermarke, allen Faxen den Rang abliefe. Jetzt blieb mir lediglich zu hoffen, daß es tatsächlich klappte.

Mehr konnte ich heute nicht mehr tun. Ich zwang mich, mit Energie meine Kisten auszuräumen und Ordnung zu machen. Gegen einundzwanzig Uhr hatte das Büro schon deutlich Form bekommen. Ich schleppte die leeren Kartons in den Keller und schwang mich verschwitzt aufs Fahrrad. Eine kühle Dusche in der Wielandstraße würde mich für den Abend wieder auf die Beine bringen.

Samstag, 15. Juli. Der Hardcore-Supermarkt um die Ecke, wo Herr Bertram als Marktleiter tätig ist, öffnet bereits um acht. Ich gehörte zu den ersten Kunden. Heute fiel die leidige Einkauferei der Grundmittel für eine funktionierende Infrastruktur der WG mal wieder an mich – Servietten, Klopapier, Tempotaschentücher, die Kiste mit Mineralwasser, die wir derzeit alle zwei Tage erneuern mußten, Kaffee, Hundefutter und der ganze Kram. Es fing damit an, daß mir das obligatorische Markstück fehlte, um einen Einkaufswagen auszulösen (auch so eine unverschämte Erfindung in der immer serviceärmeren Zeit), und die Kassiererin Graziella noch kein Kleingeld in der Kasse hatte, um zu wechseln.

»Scheißladen hier«, fluchte sie grinsend und wühlte in ihrer Hosentasche nach einer privaten Münze, die sie mir in die Hand drückte. »Oder? Ist doch wahr.« Dann brüllte sie quer durch den Laden. »Chef! Wo verdammt sind die blöden Rollen mit Kleingeld!«

»Kommt schon!« brüllte es von irgendwo hinter den Regalen zurück. Ich erkannte die Stimme von Herrn Bertram und war gar nicht sehr froh darüber, ihm schon jetzt zu begegnen und seine Frage zu hören, ob ich schon etwas erfahren hätte. Und natürlich mußte er mich sehen, mich zur Seite nehmen und fragen.

»Noch nichts, Herr Bertram. Leider! – Aber ich halte Sie auf dem laufenden. Versprochen. Nächste Woche weiß ich wahrscheinlich mehr.«

Dann konnte ich endlich den Korb füllen, bezahlen, Graziella ihre Mark zurückgeben und schwer beladen die beiden Stockwerke erklimmen, um schließlich mit Schweiß auf der Stirn das Gekaufte einzuräumen. Rosa war im Bad, Udo las die Samstagausgaben und würde somit die nächsten Stunden kaum von der Couch zu bringen sein, Jekyll lag mit heraushängender Zunge zu seinen Füßen und blickte nur matt in meine Richtung. Er versuchte so etwas wie ein Hundegrinsen und bewegte zum Abschied den Stummelschwanz zu einem leisen Servus. Auch auf Haustiere ist in der Klimakatastrophe kein Verlaß. Also verabschiedete ich mich grußlos und machte mich an die Arbeit. Ich hatte Freitag etwas Wichtiges vergessen, und es war Eile angesagt, denn ich wollte nicht zu spät im Büro sein, für den Fall, daß der erhoffte Anruf kam.

Erst im dritten Koffergeschäft fand ich eine vergleichbare Aktentasche. Allerdings kostete sie mehr als dreihundert Mark, und ich schob das Geld nur widerwillig über den Tresen. Sie gefiel mir nicht – für den Fall, daß sie nicht zum Einsatz kam, konnte ich sie also höchstens verschenken. Aber Menschen, die solche Utensilien zur Stärkung ihres Selbstbewußtseins brauchten, kannte ich wiederum nicht allzuviele. Vielleicht die Herren Teichert oder Miller? Zu denen würde diese Scheußlichkeit wohl passen.

An einem Kiosk erstand ich die ›Frankfurter Rundschau‹ und die ›FAZ‹. Um zehn war ich endlich im Büro. Ich schaute erwartungsvoll auf die Anzeige meines Anrufbeantworters. Es hatte sich noch niemand gemeldet. Kaffee aufgesetzt, die ›FAZ‹ durchgeblättert, meine Anzeige auffällig und gut plaziert gefunden, noch kurz einen Blick in die Tiefdruckbeilage geworfen und dann der Griff nach der ›Rundschau‹. Die Meldung des Überfalls auf HaJo war tatsächlich so formuliert, wie wir es abgesprochen hatten. Leider stand sie gut versteckt unten auf der Seite und war schwer zu finden. Und jetzt?

Ich war nicht sehr zufrieden damit, zur Untätigkeit, zum Warten verdammt zu sein, und nicht selbst initiativ werden zu können. Außer der Akteneinsicht und der Gewißheit, daß die Kids es nicht waren, die seine Tasche geraubt hatten, wußte ich im Falle meines Verlegerklienten HaJo rein gar nichts. Im Fall Konrad Bertram war ich zwar weitergekommen, ich wußte, daß er nicht durch einen Unfall ums Leben gekommen war. Aber das war's dann schon. Wo konnte ich ansetzen?

Firmen wie die WestIndustrie, die illegal Rüstungstechnologie oder das zugehörige Know-how exportierten, gab es mehr als genug. Und daß ihre schmutzigen Geschäfte von den Behörden nicht unterbunden, im Zweifel sogar unterstützt wurden, war auch allgemein bekannt. Verfilzung, Bestechung, Beziehungen – und alles im Sinne einer gesunden, florierenden Marktwirtschaft. Da half es auch kaum, in die Zeitungsarchive hinabzusteigen, was nicht die übelste aller Möglichkeiten ist, wenn es sonst kein Weiterkommen gibt. Und HaJos Buch über eine rechte Geheimloge, die als Netz die Industrienationen durchzog? Auch darüber war ich einigermaßen gut informiert – der Fall P 2 und die Folgen der Pleite der ›Banco Ambrosiano‹ vor Jahren gingen damals ausführlich durch die Medien. ›Opus Dei‹ – auch das war klar. Zuletzt wurde der Gründer dieser rechtsradikalen Vereinigung vom Vatikan heiliggesprochen. Skrupellos, trotz nachgewiesenem Antisemitismus und Beteiligungen an Umstürzen demokratischer Systeme in aller Welt. So viel war klar, über diese neue Loge würde man erst nach der Publikation von HaJos Buch erfahren, falls es überhaupt dazu kommen würde. Bisher arbeitete sie noch völlig im Verborgenen und mit Sicherheit, ohne eine Spur in der Presse für jemanden hinterlassen zu haben, der wie ich nicht wußte, wo er überhaupt mit der Suche beginnen sollte. Auch HaJo würde mir kaum etwas Neues mitteilen können – zumal er schon vor zwei Tagen, als er mir den Auftrag erteilte, sein Wissen zu verbergen trachtete. Alles in allem hatte ich das verdammt unangenehme Gefühl, mich wie eine Ameise in der Wüste zu bewegen und ihre äußeren Ränder nicht sehen zu können. Ich rief ihn dennoch an.

»Ja.« Wie üblich diese Stimme, die selbst diesem knappen Wort den Klang eines Vorwurfs gab.

»Ruth Maria«, antwortete ich.

»Was gibt's?« fragte HaJo.

»Tja, du hast mir eine harte Nuß zu knacken gegeben, mein Lieber! Viel weiß ich noch nicht. Lediglich, daß du nicht von dieser Fahrrad-Gang überfallen wurdest. Aber das war's dann schon. Ansonsten keine Spur.«

»Schade«, er blieb knapp. Und dann erst einmal still. Auch ich sagte nichts und wartete einfach, ob von ihm noch etwas kam. Die Sekunden strichen an uns vorbei, und im Innersten war mir die Tonlosigkeit überaus peinlich.

»Und was willst du tun?« Endlich sagte er etwas.

»Keine Ahnung! Ich habe keine Informationen, denen ich nachgehen könnte.«

»Hast du die Zeitung gelesen?« Wahrscheinlich wäre er zufriedener gewesen, wenn ich sein Vorurteil bestätigt hätte, daß ich es vergessen hatte.

»War kaum zu finden, HaJo. Hoffentlich übersehen das deine Freunde nicht.«

»Ich kann nicht auch noch das Layout der Zeitung machen! Bis jetzt hat sich natürlich noch niemand gemeldet. Gibt es sonst noch was?« Mein Gott, wie lästig mußten ihm alle sein, die ihm nicht die Füße küßten.

»Ja«, antwortete ich schnell genug, bevor er auf die Idee kam, ein weiteres Mal grußlos aufzulegen. »Ich weiß nicht, ob dir dazu etwas einfällt. Aber stell dir einfach mal die folgende Situation vor: Ein Junge klaut einem Geschäftsmann einen Koffer mit wichtigen Unterlagen. Geheime Konstruktionspläne für modernste Waffensysteme. Der Junge wird wenig später überfahren. Kein Unfall, vielmehr mit demselben Fahrzeug, aus dem er eine Stunde vorher das Zeug geklaut hatte und das angeblich direkt nach dem Vorfall gestohlen wurde. Die Polizei hält an der Unfallversion fest, Zeugenaussagen lassen eher einen gezielten Anschlag vermuten.«

HaJo schien nachzudenken. »Unglaubwürdig!« sagte er dann. »Wenn das der Plot für einen Krimi sein sollte, dann kannst du ihn vergessen. Denk dir was anderes aus!«

»Keine Erfindung, Realität! Also, was fällt dir ein?«

»Dennoch unglaubwürdig.« Pause. »Da hat jemand verdammt gute Beziehungen. So dumm sind selbst die Polizisten nicht. Das mit dem gestohlenen Wagen, das glaubst du doch selbst nicht.«

»Natürlich glaube ich das nicht. Schon gar nicht bei dem Direktionswagen der WestIndustrie...«

HaJo unterbrach mich harsch, und seine Stimme nahm sogar eine ungekannte Lebendigkeit an. »WestIndustrie? Metall und Chemie? Hast du das gerade gesagt?«

»Ja, habe ich. Weshalb?« Wenn HaJo an irgend etwas außerhalb seiner Verlagsproduktion und jener der Konkurrenz Interesse zeigte, dann mußte es schon einen triftigen Grund dafür geben. »Kennst du die?«

Aber HaJos kurzzeitiger Elan war schon wieder in Schweigen versickert. »Schon mal gehört. Mehr nicht.« Wie mich seine Einsilbigkeit ankotzte...

Ich versuchte noch einige Minuten, etwas aus ihm herauszubringen, mußte dann aber einsehen, daß er zu keiner weiteren Mitteilung mehr zu bewegen war. Vielleicht wußte er ja wirklich nicht mehr als ein aufmerksamer Zeitungsleser. Trotzdem war ich wütend. Diesmal legte ich als erste grußlos auf.

Endlich klingelte das Telefon. Ich hatte lange genug gewartet und in meiner Hilflosigkeit zu praktischen Tätigkeiten Zuflucht genommen. Daß ich die letzten beiden Umzugskisten aus- und in die Regale eingeräumt hatte, gab mir immerhin ein Erfolgserlebnis. Und wenn der Fall so weiter ging, würde ich auch noch das Büro putzen müssen.

Ich meldete mich mit einem schlichten »Ja«.

»Rechtsanwalt Doktor Grabbe.« Er hatte eine tiefe Stimme, zu der ich mir sogleich einen Mann vorstellte, der mindestens zwei Meter groß sein mußte. »Sie haben heute eine Anzeige in der ›FAZ‹. Ich rufe Sie im Auftrag eines Klienten an.«

»Hm. – Ich höre.« Mehr wollte ich nicht sagen.

»Mein Klient möchte das Material wiederhaben, gnädige Frau! Wo kann ich es abholen lassen?« Der Herr Anwalt kam ohne Abschweifungen zur Sache.

»Und wer sagt mir, daß Sie nicht irgendein Witzbold sind, der sich da meldet?«

»Ich gehe davon aus, daß Sie meinen Anruf erwartet haben!«

»Ich habe natürlich *einen* Anruf erwartet. Ob es Ihrer ist, wird sich noch zeigen. Wer ist Ihr Klient?«

»Wenn er wollte, daß Sie das erfahren, dann hätte er mich nicht beauftragt.«

»Dann möchte ich von Ihnen gerne erfahren, was Sie von mir erhalten wollen, Herr Doktor Grabbe!«

»Einen braunen Aktenkoffer mit Messingverschlüssen und zwei Zahlenschlössern«, antwortete er.

»Sehen Sie, das ist schon besser. Und was soll sich in dem Koffer befinden?« Er mußte schon noch ein bißchen mehr erzählen.

»Pläne... Konstruktionspläne von Maschinen«, verbesserte er sich etwas zögernd.

»Damit fange ich schon mehr an. Und wie, haben Sie sich vorgestellt, wollen Sie zu dem Koffer kommen?«

»Ich kann ihn bei Ihnen abholen, gnä' Frau! Geben Sie mir doch Ihre Adresse, dann bin ich in einigen Minuten bei Ihnen.«

»Und was bekomme ich dafür?« fragte ich.

»Ach so, ja. Über einen angemessenen Finderlohn läßt sich natürlich reden. Sagen wir fünfhundert Mark!«

»Wenn Sie glauben, Sie hätten es hier mit einer Vollidiotin zu tun, Herr Grabbe, haben Sie sich getäuscht!« Ich brauste auf. »Sie gehen doch im Ernst nicht davon aus, daß ich eine solche Anzeige in die Zeitung setze, um mich mit fünfhundert Mark abspeisen zu lassen! Ich bin davon überzeugt, daß Ihr Auftraggeber froh darüber ist, wenn er seine Unterlagen wieder hat, und bereit ist, dafür einiges springen zu lassen. Im übrigen sehen Maschinenbaupläne anders aus als die von modernen Waffensystemen. Meinen Sie nicht auch?«

Dr. Grabbe schien einigermaßen geplättet zu sein. »Also, was wollen Sie?« fragte er deutlich gedämpft.

»Sechzigtausend in bar!« Warum ich auf diese schräge Zahl gekommen war, wußte ich selbst nicht.

»Da muß ich erst mit meinem Klienten Rücksprache halten. Ich rufe Sie wieder an«, sagte Grabbe und legte auf.

Zehn Minuten später klingelte das Telefon erneut.

»Wir sind einverstanden!« Es war Grabbes Stimme. »Wann können wir den Koffer haben?«

Das ging viel zu gut. Ich hatte damit gerechnet, daß er mich wenigstens auf fünfzigtausend herunterhandeln würde.

Für die Übergabe hatte ich bereits einen Plan. Ich gab Grabbe genaue Anweisungen, die er sich notierte, und warnte ihn vor dem Versuch krummer Touren. Am Übergabeort wären mehrere Personen, die für meine Sicherheit garantierten, sagte ich ihm. »Allerdings keine Polizei«, fügte ich zu seiner Beruhigung an.

Dann präparierte ich den Aktenkoffer, den ich gekauft hatte, legte das Schreiben hinein und stellte ihn bereit.

Bis zum Abend hatte ich noch allerhand zu organisieren.

»Ferdinand? Ich bin's.«

Ein kurzes Murren folgte, ob verpennt oder mürrisch, würde sich noch zeigen.

»Kennst du zufällig einen Anwalt namens Grabbe?« wollte ich wissen.

»Grabbe? Muß ich überlegen… Ja. Es gibt da einen. Ziemliches Arschloch. Bin einmal arg aneinander geraten mit ihm. Hatte damals ein paar Skins am Wickel. Ist aber schon lange her. Weshalb?«

»Scheint ein Liebhaber technischer Zeichnungen zu sein. Zumindest vertritt er jemanden, auf den das zutrifft.«

»Du bist ein Rätsel und sprichst in Rätseln, Marie.« Ferdinand schien sich langsam die Müdigkeit aus den Augen zu reiben.

»Dieser Grabbe hat sich soeben bei mir gemeldet und Interesse an dem Koffer angemeldet. Das meine ich damit.«

»Und was habt ihr vereinbart?« fragte Ferdinand.

Ich erzählte es ihm.

»Mensch, sei bloß vorsichtig, Marie. Der vertritt rechte Kreise, die als nicht ganz ungefährlich bekannt sind. Ich habe keine Lust, dich irgendwo mit einer Kugel im Kopf finden zu müssen!«

Ich versuchte ihn zu beruhigen, indem ich ihm meinen Plan detailliert schilderte. Ein bißchen half das.

»Trotzdem, Ruth Maria. Paß auf. Du weißt selbst, daß ich in diesem Fall nichts tun darf!«

Die Hitze über der Stadt schien heute alle Rekorde zu schlagen. Es waren kaum Menschen in den Straßen. Wer etwas einzukaufen hatte, erledigte dies bereits in den ersten Morgenstunden. Die Menschen waren entweder hinausgefahren oder hielten sich in ihren verdunkelten Wohnungen auf, in denen die Luft stand. Die Klimakatastrophe war längst angekommen, in Frankfurt am Main zuerst. Der Himmel war gelblichgrau, die Luft schwer und schwül, Ozon gab's reichlich. Der Aufenthalt im Freien war Kindern, alten Menschen und nicht ganz Gesunden nicht empfohlen, weil die Richtwerte an fünfunddreißigjährigen durchtrainierten Männern von 1,78 Größe und 70 Kilogramm Lebendgewicht orientiert waren. Und ich hatte nichts Besseres zu tun, als meine 106 Pfunde mit dem Fahrrad durch die Straßen zu quälen – in die Schrebergarten-Siedlung bei Seckbach. Die Jugendlichen waren Teil meines Plans für den Abend.

Nachdem wir alles besprochen hatten, zwang ich mich

den halben Weg zurück, bis zur Wohnung in der Wielandstraße. Als ich die Tür aufmachte, schlug mir eine angenehme Kühle entgegen, außerdem war es totenstill. Jekyll war nicht wie sonst zur Stelle, um mich zu begrüßen, also war Rosa mit ihm unterwegs. Und ich war ganz froh, die Wohnung mal für mich allein zu haben. Noch im Flur streifte ich mir die Kleider vom Leib, ging ins Bad und stellte mich sofort unter die kalte Dusche. Unter dem fließenden Wasser gewann ich ein wenig Frische und Lebensmut zurück, ein Kaffee würde das Übrige tun. Jetzt hatte ich mir die Pause bis zum Abend verdient.

Es wurde aber nichts daraus. In der Küche, wo ich mir einen Espresso machte, fand ich einen Zettel vor: »Bin für fünf Tage nach Rom gefahren (Dienstreise). Kann mich deshalb die nächste Woche nicht um Jekyll kümmern, habe aber den Eindruck, daß er nicht ganz in Ordnung ist: Die Zunge hängt nur noch heraus und ist außerdem staubgrau. Außerdem hat sich ein Kollege von mir vage zu einem Besuch angemeldet; ein Nigel aus London. Bitte mein Zimmer anbieten und nett zu ihm sein. Ich rufe zwischendurch mal an. Sorry, danke, ciau etc.: Rosa.«

»O merde«, sagte ich laut in die leere Küche hinein. Ein kranker Hund und unerwarteter Besuch hatten mir gerade noch gefehlt.

Rosa ist Fotojournalistin und viel unterwegs, hatte aber für die nächsten Wochen eigentlich eine Art Sommerpause in Frankfurt vorgesehen. Da Udo in der härtesten Produktionsphase im Verlag war, hätte ich Rosa die Bulldogge überlassen können, was die tägliche Unterhaltung betraf. Der Hund litt so entsetzlich unter der Hitze, daß ich ihn keineswegs, wie sonst, auf meinen Tagesgängen mitnehmen wollte. Er wäre schon nicht an verwundetem Herzen gestorben, hätte ich ihn tagsüber länger in der Wohnung alleingelassen. War er allerdings wirklich krank…

Ich machte mich auf die Suche und fand ihn auf Udos Sofa im Tiefschlaf. Zweifellos war Jekyll nicht in Ordnung, wenn er mein Eintreffen verpennt hatte und auch jetzt nur durch vermehrten Zuruf dazu zu bringen war, die schweren Lider zu heben und mir trübe zuzublinzeln. Die Zunge, Rosa hatte recht, war ziemlich grau, eher anthrazit-bläulich als beton.

Das Klingeln des Telefons unterbrach meinen Gedankengang. Ich nahm den Hörer ab und fragte barsch: »Hallo?«

»Hallo«, sagte eine mir unbekannte tiefe Stimme. »This is Nigel. I'd like to –«

»Rosa is not here«, sagte ich und verdrehte vor Ärger die Augen. »But she left a message, that you will come, and of course you're welcome here, if there is no other place to stay…«

Ich hoffte, daß das einerseits höflich genug war, um Rosas berechtigten Anforderungen an meine Freundschaft Genüge zu tun – schließlich hatte auch ich ihr viel zu verdanken–, andererseits aber so vage und formal, zudem in schlechtem Englisch, daß der Ankommende sich flugs ein Hotel suchen würde. Er zögerte hörbar und gab mir Zeit für ein bißchen Mitleid. Dennoch hielt ich an mich und fügte der Wahrheit nichts hinzu.

»Well… That's too bad. When will Rosa be back?«

»She is in Rome for about a week. She had to go there for professional reasons.«

»Hm. My problem is, that I have to realize some appointments within these days I excepted to stay with her. I don't know this town at all. Perhaps you know any hotel to recommand?«

Das brachte ich dann doch nicht fertig. Ich wiederholte meine Einladung mit ein bißchen mehr Herzlichkeit, was genügte, ihn zu überzeugen. Er sei in zehn Minuten da, sagte er, als machte er mir damit eine Freude.

Ich hing gerade wieder am Telefon, als es an der Tür klingelte. Mein Tierarzt hatte seinen Anrufbeantworter mit einer Empfehlung besprochen – für seine Urlaubsvertretung. Ich klemmte mir also den Hörer auf die Schulter, einen Stift zwischen die Lippen und den Notizblock in die linke Hand und öffnete die Tür. Ich nickte knapp und wiederholte laut: »Dr. Wiegert, Wielandstraße 68, Sprechzeiten täglich 15 bis 18 Uhr, mit Ausnahme Montag: 13 bis 17 Uhr, Dienstag: 15 bis 17 Uhr, Donnerstag...« Da ungefähr gab ich auf. Man würde einfach hingehen müssen.

Nigel war jünger, als ich von seiner Stimme her erwartet hätte. Groß, hellhäutig und rothaarig und das verkörperte unglückliche Bewußtsein. Über seiner verschwitzten, mageren rechten Schulter, die in mäßig gebügeltes Khaki gehüllt war, hing eine Fotoausrüstung, deren Gewicht ihm – zusätzlich zu dem der Welt – schwer zu schaffen machte. Die linke Schulter wurde von einer Reisetasche aus Leder nur mäßig heruntergezogen. Sein Lächeln immerhin war unsicher und reizend.

»Entschuldige«, sagte ich schnell, »mein Hund ist krank, ich muß zum Tierarzt, und heute abend habe ich eine einigermaßen wichtige Verabredung. Deshalb triffst du mich im Stadium fast vollständiger Auflösung an.«

»Aber das macht doch nichts«, sagte er sehr liebenswürdig. »Ich hoffe im Gegenteil sehr, dir keinesfalls zur Last zu fallen. Meinen Erwartungen gemäß hatte ich Rosa anzutreffen gehofft, und selbstverständlich will ich dich so wenig wie möglich behelligen...«

Der Junge hatte sein Deutsch wohl in Oxford gelernt oder aus Kommentaren der ›FAZ‹. Immerhin war ich verblüfft. »Du sprichst ja perfekt Deutsch. Warum haben wir am Telefon Englisch parliert?«

»Es hat mir großes Vergnügen bereitet«, sagte er mit leicht unverschämtem Grinsen, »meine Sprache aus deinem Munde zu hören. Andernfalls hätte ich, of course, gleich ins Deutsche übergewechselt.«

Das unglückliche Bewußtsein nimmst du zurück, Ruth Maria, sagte ich mir. Die Schnelligkeit des Urteils ist in meinem Beruf überlebenswichtig, aber hin und wieder täuscht man sich eben doch. Dieser Knabe, der so wenig weltlich wirkt, hat offenbar Vergnügen an der Welt, und du mußt wohl eher auf der Hut sein, diesem Vergnügen nicht zum Opfer zu fallen.

Also beging ich die Flucht nach vorn. Ich machte uns einen Kaffee und horchte den Jungen ein bißchen aus. Es stellte sich heraus, daß er freiberuflich als Fotograf arbeitete und in den nächsten Tagen einige Termine mit Zeitungen und Magazinen hatte. Ansonsten hatte er Zeit, einen Führerschein und Tierliebe. Der Anblick Jekylls brach ihm beinahe das Herz; nationale Verbundenheit mit der englischen Bulldogge und ebensolchem Namen tat vielleicht das übrige. In zehn Minuten hatte ich ihn so weit, mich zum Tierarzt zu begleiten und gegebenenfalls die Obsorge zu übernehmen.

Er nahm das Tier samt Zunge auf seine langen, dünnen, aber erstaunlich starken Arme, und wir traten den Weg zum Tierarzt an. Das Wartezimmer war voll, wir kamen zwischen einer Katze im Körbchen und einem Wellensittich im Käfig zu sitzen. Alles sprach über kranke Tiere, wir lasen einvernehmlich in zwei Zeitschriften, und ich legte mir Jekyll – warm und schwer, aber schließlich krank – auf den Schoß. Es roch intensiv nach krankem Tier, und mir wurde sofort übel.

Nach zwei Stunden endlich kamen wir dran. Dr. Wiegert war eine junge Frau, die sofort mit Nigel zu flirten begann – während ich mich fragte, warum er eigentlich nicht im Wartezimmer geblieben war. Sie schenkte dennoch Jekylls Zunge einen langen Blick, machte Bewegungen vor seinen sich langsam verdrehenden Augen und leuchtete in seine Ohren hinein. Schließlich gab sie ihn mir zurück auf den Schoß und gab uns trocken den Befund bekannt: »Grippe.«

»Grippe?« fragte ich ungläubig. »Bei diesen Temperaturen?«

Sie wandte sich sofort an Nigel, als erwarte sie bei ihm mehr Verstand.

»Selbstverständlich ist wie bei Menschen auch bei Tieren die Infektionsgefahr vom Wetter unabhängig. Der

Hund braucht vor allem Ruhe und Pflege und einen kühlen Platz zum Schlafen. Ich schreibe Ihnen eine Flüssigkeit auf, die Sie seinem Trinkwasser beimischen, und in zwei, drei Tagen kommen Sie noch einmal zur Nachuntersuchung. Dann müßte die Krankheit eigentlich schon vorüber sein.«

Wir zogen erleichtert von dannen. Ich war schon froh, daß der Hund offenbar nicht ernsthaft erkrankt war, aber eine gewisse Beunruhigung blieb.

»Du wirkst so wenig erleichtert«, bemerkte schließlich auch mein sensibler Hausgast, als wir die erste Portion Medizin mischten. »Bist du nicht froh, daß es nichts Ernstes ist?«

»Natürlich bin ich froh«, sagte ich zögernd. »Aber weißt du, der Hund ist mir in meinem Beruf auch hin und wieder eine Hilfe. Und gerade in den nächsten Tagen erwarten mich einige Situationen, in denen ich gern davon Gebrauch gemacht hätte...«

»Rosa hat mir einmal von deinem Beruf erzählt«, gab Nigel zurück. »Vor zwei Jahren schon, als sie in London war. Sie hatte damals etwas für dich erledigt...«

»Ja, sie hat Filmmaterial für mich geschmuggelt. Eine ziemlich aufregende Sache, und sie hat auch einiges riskiert für mich. Rosa ist überhaupt eine wunderbare Freundin. Nur Personenschutz kann sie mir leider auch nicht geben.«

»Ich weiß, daß ich keine Bulldogge ersetzen kann«, sagte der große, dünne Mann, an den Küchentisch gelehnt, mit einem mild ironischen Lächeln. »Aber ich könnte doch immerhin versuchen, dir Schutz und Schirm zu sein...«

Ich nahm ihn genauer in Augenschein, und in der Tat, er rührte mich. Dann fiel mein Blick auf seine Ausrüstung – in jener Tasche, die seine rechte Schulter überforderte.

»Ich weiß nicht, ob du besser Jiu-Jitsu beherrschst als ich«, gab ich gedehnt zur Antwort. »Aber ich habe da so eine Idee...«

Neunzehn Uhr. Ich war pünktlich. Zu meiner Beruhigung sah ich Nicole und Joachim an den Parkplätzen vor dem Hauptbahnhof rumlungern. Die anderen konnten nicht weit sein. Ich entdeckte sie nach und nach und hoffte, daß sich alle an die Vereinbarung hielten, nicht das geringste Anzeichen dafür zu geben, daß wir uns kannten. Mit dem Aktenkoffer in der Hand ging ich an ihnen vorbei, den Seitengang am Expreßgutschalter links liegen lassend, bis zum Eingang zu den Schließfachreihen. Dort standen Jan und Klaus-Peter. Sie nuckelten ganz professionell an ihren Cola-Bechern und würdigten mich keines Blickes. Weiter hinten standen zwei ältere Damen mit leichtem Reisegepäck. An die Wand des Feinkostgeschäfts gelehnt, saßen drei ziemlich heruntergekommene Mädchen, die dort vermutlich die Nacht verbringen würden. Sonst war für den Moment niemand in der Halle zu sehen. Ich war mir sicher, daß mein »Geschäftspartner« vermutlich in einem der geparkten Wagen vor der Tür zu finden sein mußte. Ich entschied mich, noch einige Minuten zu warten. Corinna und Jürgen schlenderten vorbei, eine Sofortbildkamera in der Hand und immer wieder sich gegenseitig fotografierend. Mit Blitz. Das entsprach nicht im geringsten unserer Abmachung. Ich war nervös. Das war zu auffällig. Wenn sie schon das unübersehbare, turtelnde Pärchen spielten, dann sollten sie wenigstens die Kamera weglassen. Ich drückte mich an die Schließfächer und zischte Jan zu, er solle das den beiden mitteilen. Langsam löste er sich von der Wand und ging auf die beiden zu.

»Hee. Ihr Blödmänner, laßt dieses doofe Geknipse hier. Verstanden?« pöbelte er sie an.

»Biste doof?« nörgelte Jürgen zurück. »Geht doch dich 'n Scheiß an, wenn ich meine Tussie knipsen will.«

»Mach das woanders, kapiert!« raunzte Jan.

»Blödarsch, verdufte!« Corinna mischte sich ein. Es sah aus, als würden sie sich gleich prügeln. Jürgen drückte ihr die Kamera in die Hand und provozierte Jan. »Kannst ja eine in die Schnauze kriegen...«

»Von dir. Hast ja die Hosen voll. Laß dir von der Schwester erst mal die Windeln wechseln!«

Mit jedem Wortwechsel verringerte sich die Distanz zwischen ihnen. Ich schaute mir die Aufführung mit einem halben Auge an, ich wollte die Übersicht in der Halle nicht verlieren. Aber noch immer konnte ich einen Sendboten des Verbrechens nicht ausmachen...

Dann machte ich mich daran, die Vereinbarung meinerseits zu erfüllen. Ich legte den Koffer in ein Schließfach, steckte eine Mark in den Münzeinwurf, zog den Schlüssel ab und zog sehr auffällig einen weißen Briefumschlag aus der Hosentasche, faltete ihn auf, steckte den Schlüssel hinein, klebte ihn zu und warf ihn in den Papierkorb an der Tür. In zwei Meter Abstand blieb ich stehen. Aus einem roten Opel war ein muskulöser, vielleicht fünfundzwanzigjähriger Mann mit Kurzhaarschnitt ausgestiegen und kam auf mich zu. Er hatte einen braunen Briefumschlag in der Hand. Er fixierte mich, schien mich einzuschätzen und drehte kurz vor mir ab. Im gleichen Moment blitzte die Polaroid auf. Der Opelfahrer ging am Papierkorb vorbei und fuhr die Rolltreppe zum Postamt hinauf.

Ich war weiß vor Zorn. Wenn das unser Mann gewesen war, hatten die Kids ihn vertrieben. Ich schaute so lange zu ihnen hinüber, bis sie es merkten, und machte eine verneinende Kopfbewegung. Jetzt endlich schienen sie verstanden zu haben – ich hoffte das jedenfalls. Schließlich konnte ich ihnen Nigel nicht zeigen.

Plötzlich sah ich den Mann von der Haupthalle aus in den Seitengang eintreten. Er mußte auf der anderen Seite die Treppe heruntergekommen sein. Noch immer trug er den Briefumschlag mit sich. War er es also doch und hatte sich mit seinem Spaziergang nur abgesichert? Er mußte an Jan, Corinna und Jürgen vorbei. Jürgen faßte Jan gerade an der Jacke und zog ihn zu sich. Ein Schlag, der ihn in den Magen traf, war Jans Antwort. Für meinen Geschmack spielten sie etwas zu ernst. Aber für die Situation gut genug, um keinen Verdacht aufkommen zu lassen. Unser Mann schaute die Kids böse an, ging aber weiter. Hielt Kurs auf den Papierkorb. Ich sah ihn an und bemerkte, wie sein Blick mich durchbohrte. Dann lehnte er sich mir gegenüber an die Wand und ließ seinen Blick prüfend durch die Halle gleiten. Er beobachtete wieder gespannt die drei Jugendlichen, die immer noch nicht zu einem echten Kampf bereit schienen und sich an ihren Jacken durch den Flur zerrten – immer im Gefolge von Corinna, die die Kamera zu meinem Entsetzen wieder gezückt hatte. Sie kamen näher. Der Typ griff in den Papierkorb, Blitz. Er zog meinen Briefumschlag heraus, Blitz. Er suchte ihn mit den Fingern ab, bis er den Schlüssel fühlte, Blitz. Dann warf er seinen Umschlag hinein, Blitz. Plötzlich drehte er sich mit unglaublicher Schnelligkeit auf dem Absatz herum und stob auf Corinna los. Bevor Jan und Jürgen noch reagieren konnten, hatte er ihr die Kamera entrissen und war auf die Rolltreppe zugelaufen. Corinna sah ihm wie erstarrt nach und hielt sich das Handgelenk fest – er hatte ihr offenbar wehgetan. Jan und Jürgen sahen unschlüssig in meine Richtung, drauf und dran, dem Typen zu folgen. Ich schüttelte langsam verneinend den Kopf – in der Hoffnung, diesmal entschieden genug zu wirken. Gleichzeitig ging ich langsam auf den Eimer zu. Ich hoffte, daß Jan und Jürgen die Inszenierung beibehielten – und in der Tat hatten sie mich verstanden. Sie liefen zwar in Richtung Rolltreppe, wie um den Mann zu verfolgen – ließen ihm aber gleichzeitig Zeit genug, mich zu beobachten, wie ich das braune Papier aus dem Eimer holte. Natürlich hatte er spontan einen Zusammenhang zwischen mir, den Kids und dem Fotoapparat hergestellt. Ob er nun noch daran glauben würde, konnte ich nicht beurteilen.

Langsam verließ ich die Schalterhalle. Ich ließ mir Zeit und schaute immer wieder zurück. Die Füße, die zuletzt mit den obersten Stufen der Rolltreppe verschwanden, waren auf einmal auf der abwärtsfahrenden Treppe wieder zu sehen. Ich nahm langsam das Schloß von meinem

Fahrrad und sah, wie der Bursche zu den Schließfächern einbog. Die Jugendlichen machten sich unsicher auf den Weg zur Tür und schimpften lautstark auf das »Arschloch, gegen das man nichts machen kann, weil er viel zu stark ist…« Ich hatte mir den ungeöffneten Briefumschlag in den Gürtel geklemmt und schwang mich aufs Rad. Mit einem letzten Blick über die Schulter sah ich den Kurzhaarigen mit dem Aktenkoffer in der Hand in den Opel steigen. Vorsichtig sah ich zu der vereinbarten Stelle hinüber und schob meine Sonnenbrille zurecht. Nigel hatte verstanden und machte seine letzte Aufnahme. Dann trat ich in die Pedale.

Die Nervosität hatte sich etwas gelegt. Ich mußte grinsen, denn ich freute mich nun doch über die Phantasie meiner jungen Freunde, obwohl noch nicht abzusehen war, ob sie nicht mehr Schaden als Nutzen verursacht hatten. Zu viele Krimis gelesen, die Kids… aber wahrscheinlich waren es eher Videos gewesen. Die Zeiten, da Detektive sich Notizen machten, waren wahrhaftig vorbei.

Wie üblich fuhr ich auf einigen Umwegen ins Nordend. In der Wielandstraße kettete ich mein Fahrrad ans Gitter und ging die Treppe zur Wohnung hinauf.

Nigel, der sich in ein Taxi gesetzt hatte, war schon in der Dunkelkammer. Er wie ich konnten es kaum erwarten, den Umschlag zu öffnen. Um meiner Aufregung Herr zu werden, machte ich uns einen Spezialcocktail – Campari, Weißwein und Sekt –, bevor wir uns auf der Couch in meinem Zimmer niederließen. Wir prosteten uns in hoffnungsvoller Erwartung zu: Ich hatte dem Herrn Rechtsanwalt und seinem Klienten wohl ein arges Schnippchen geschlagen. Das zumindest glaubte ich, bis ich schließlich den Umschlag aufgerissen hatte und statt Banknoten Papierstreifen auf den blauen Teppichboden fielen.

»Oh Shit«, entfuhr es mir.

»Du bist sehr höflich«, sagte Nigel mit immerwährender Ironie, »daß du deinem Gast sprachlich so entgegenkommst. Aber du mußt wissen, daß ›bucking fritish‹ niemals ›Oh Shit‹ sagen, und Engländerinnen gleich gar nicht…«

»Ach, Schnauze«, fuhr ich ihn an. Warum mußte ich immer an so wohlerzogene Männer geraten… Ferdinand Kaiser an meiner Seite wäre mir im Moment entschieden lieber gewesen. Aber Nigel war doch von durablerem Material, als ich erwartet hatte; statt den Beleidigten zu spielen, legte er nur beruhigend den Arm um mich. Das heißt – ob er mich beruhigen wollte, weiß ich natürlich bis heute nicht. Seine Geste hatte eigentlich auch den gegenteiligen Effekt.

»Warum ärgerst du dich, my Dear?« fragte er mit einem komisch ernsthaften Gesichtsausdruck. »Du hast mir doch heute nachmittag erst stolz erklärt, du hättest dich doppelt abgesichert…«

Tatsächlich war mein Schreck zuerst groß gewesen. Ich mußte mich erst darauf besinnen, daß auch meine Übergabe nur fingiert gewesen war. Dann mußte ich nicht übel lachen. Beide Seiten hatten sich gelinkt. Außer der Nachricht, daß ich mich am Sonntag wegen der richtigen Übergabe mit ihm in Verbindung setzen würde, war in der Aktentasche nichts zu finden. Die anderen mußten viel wütender sein als ich.

»Na gut«, sagte Nigel schließlich, vor meinem Gelächter kapitulierend. »Dann verschwinde ich mal wieder in der Dunkelkammer. Vielleicht wird das Ergebnis meiner Arbeit dafür Sorge tragen können, daß die gute Laune meiner charmanten Gastgeberin von Dauer ist.«

Er war keine Sekunde zu früh verschwunden. Ich hörte, wie ein Schlüssel in der Wohnungstür herumgedreht wurde, und das konnte, nach Lage der Dinge, nur Udo sein.

»Was machst denn du da? Karneval mit überdimensionierten Konfetti? Oder was?« Udo hatte mich offenbar bis ins Treppenhaus lachen gehört und schien nun zu erwarten, daß ich am Abend etwas mit ihm unternehmen sollte. Zumindest zog er jene krause Stirn, von der ich seit Jahren wußte, daß sich hinter ihr Skepsis und Erwartung so mischen, daß sie die Absage geradezu hervorrufen mußten.

»Reingelegt, mein Lieber«, ich umarmte ihn und blieb Arm in Arm mit ihm stehen. »Ganz einfach verarscht!«

»Hast du wieder einmal dein Spinnennetz gewoben und kleine Mückenmännchen gefangen, Miss Marlowe?« Udo war so leicht zu besänftigen, er brauchte einfach von Zeit zu Zeit eine längere Umarmung, und schon war sein Griesgram verflogen.

»Fette Hornissenmännchen, Udo. Und die sind mir geradezu durchs Netz geflogen und haben es zerrissen. Dabei haben sie mir auch noch mit ihrer Hinterlassenschaft die feine Stube versaut.«

»Also, wer hat was?« fragte Udo, der meine Andeutungen natürlich nicht verstehen konnte. Ich erzählte ihm schon seit längerem nicht mehr von jedem meiner Fälle, genauso wie auch er mich mit seinem Verlagsalltag verschonte; damit, daß sein gottväterlicher Verleger wieder einmal ein Projekt abgelehnt hat, daß das Buch von Autor X Mist sei, aber dennoch verlegt werden mußte und so weiter. Wir waren im allgemeinen froh, wenn wir den Alltag spätestens auf dem Schuhabstreifer vor der Wohnungstür loswurden – und weder in der Überidentifikation noch im Dauerleiden erstickten. Bis auf Ausnahmen natürlich.

In kurzen Sätzen gab ich ihm einen Abriß meiner beiden Fälle. Ich näherte mich gerade dem heutigen Tage, als Nigel wieder aus der Dunkelkammer kam. Er hielt einen Kontaktstreifen in den Händen und ging unbefangen auf mich zu, als wäre Udo gar nicht im Raum. »Ich habe hier etwas, my Dear, das dein Herz aufs äußerste erfreuen sollte...«

Ich sah Udos Gesicht sich verdüstern.

»Darf ich vorstellen?« unterbrach ich Nigels zärtlichen Anlauf schnell: »Das ist Udo, mein Hausgenosse und Freund. Und das ist Nigel, Nigel –«

»Emerson«, ergänzte er höflich.

»– Emerson, ein Freund von Rosa und Fotograf. Er kam heute mittag hier an, um Rosa zu besuchen, die ist aber eine Woche nach Rom verschwunden und hat mir einen kranken Jekyll und einen Zettel auf dem Küchentisch hinterlassen, daß sie Besuch aus London erwartete...«

Ich merkte, wie ich mich verhaspelte. Ich hasse Udos Eifersucht fast noch mehr als er sie selbst, und ich hasse Situationen wie diese: Schuldgefühl ohne Grund und Anlaß, allein hervorgerufen durch seine Verdächtigungen. Nicht, daß sie immer grundlos gewesen wären... aber dieser Generalvorwurf machte mich rebellisch. Vor allem konnte Nigel für all das überhaupt nichts, und ich hatte auch keine Lust, ihn mit unseren kruden Beziehungsstörungen zu nerven.

»Jedenfalls hat Nigel mir sehr geholfen«, beendete ich meine versuchte Selbstverteidigung erschöpft. »Er war mit mir und Jekyll beim Tierarzt –«

»– Jekyll ist ja auch allein kaum zu tragen«, ergänzte Udo ironisch.

Ich überhörte den Einwurf, »– und ist eben mit mir zum Bahnhof gefahren, um die Übergabe zu fotografieren.«

Eine kleine Pause folgte. Vielleicht war ja noch etwas zu retten. Ich blickte scheinbar spontan auf meine Armbanduhr und sah Udo aufmunternd an – nicht ohne Nigel zuvor einen kleinen grimassierenden Seitenblick zugeworfen zu haben, der Hilflosigkeit und Zärtlichkeit ausdrücken sollte. »Miss Marlowe ist wieder einmal rund um die Uhr im Einsatz. Ich müßte schon seit zehn Minuten im ›Hinterhof‹ sein. Die Kids warten dort auf mich. Wenn du Lust hast, dann komm doch einfach mit. Wie wär's?« Ich knuffte ihn in die Rippen.

»Wixkneipe! Muß man immer noch 'ne halbe Stunde aufs Bier warten, wenn man es bereits schon achtmal bestellt hat.« Er hatte ja so recht damit, aber es war die einzige Kneipe, die ich kannte, in der die Jugendlichen neben den vielen alleinerziehenden Müttern mit ihrem Anhang kaum auffielen.

»Na, komm halt mit. Zu zweit schimpft es sich besser, und so lernst du wenigstens mal den Nachwuchs in Sachen Straßenkriminalität kennen.«

»Wieso zu zweit? Du wirst doch deinen Gast aus England nicht alleine in der Wohnung zurücklassen wollen, noch dazu mit einer kranken Bulldogge? Das wäre doch äußerst unhöflich.«

Udo hatte jenen glasig-kalten Blick, der mich immer mutlos machte. Das einzige, was da aller Erfahrung nach half, war ein langes Wochenende, viel Zeit zu zweit. Eine einzige Geste konnte nie genügen, selbst Verlobungsringe hätten ihn nicht umgestimmt. Und schließlich wußte ich, daß ich weder Zeit noch Nerven hatte im Moment, ihn langsam wieder zurückzuholen aus seiner Verstockung. Also entschied ich mich für die Zurückweisung – seiner Person und auch des Konflikts, den er offenbar wollte.

»Eigentlich hast du recht«, sagte ich fröhlich, als hätte er mich gerade überzeugt. Ich sah Nigel aufmunternd an. »Dann gehen wir beide jetzt. Die Medizin für Jekyll ist im Kühlschrank, alle vier Stunden zwanzig Tropfen in sein Trinkwasser. Wäre nett, wenn du das erledigen könntest.«

»Ich nehme an, du weißt nicht, wann du zurückkommen wirst?« fragte Udo mit sachlicher Kälte, Nigel bewußt noch immer ausschließend.

»Nein«, gab ich schnell zurück und sah ihn dabei fest an – wie es sich für eine Kriegserklärung gehört. »Am besten wartest du nicht auf uns. Es könnte später werden.«

Mit einer Viertelstunde Verspätung liefen wir in der Gartenkneipe ein und hatten Glück. Die sechs Jugendlichen hatten sogleich, als sie vom Bahnhof eintrafen, einen der Holztische besetzt und die beiden Bänke gnadenlos verteidigt. An den anderen Tischen drängelten sich genau die Menschen, von denen ich nichts anderes wollte, als daß sie Kulisse und Geräuschdeckung spielten.

»Wird auch Zeit! Lange hätten wir die Bastion nicht mehr halten können!« Klaus-Peter schien nicht schlecht stolz zu sein – und fünf Augenpaare schlossen sich an, in der Erwartung, gelobt zu werden.

»Ihr wart einfach Spitze!« sagte ich, als wir uns an den Tisch drängelten. »Aber erst mal möchte ich euch Nigel vorstellen. Er kommt aus London, ist vorübergehend bei mir zu Besuch, und ich habe ihm gesagt, daß er hier ein paar echte Ganoven kennenlernen könnte, wenn er mitkommt. Stimmts?!«

»Ach komm, Ganoven doch nicht«, Corinna wollte sich nicht so schlimm sehen.

»Hat ja scharf geklappt, mit dem Ochsenarsch. Findest du nicht?« Jan war der erste, der sich an den Austausch der Erinnerung machte. Die anderen fielen ein, und ein riesiger Wettkampf um die beste schauspielerische Leistung begann.

»Hast wohl Schiß gehabt, wegen dem Geknipse?« flappste Jürgen. »War nicht schlecht, was?«

Jetzt wurde ich ernst. »Die Idee war ja gut«, gab ich zu, »aber wir hätten uns absprechen sollen. Der Typ weiß ja nun, daß ich mich nicht an die Regeln gehalten habe und daß wir zusammenarbeiten. Ihr habt euch unnötig in Gefahr gebracht, und genützt hat es überhaupt nichts!«

»Nur mir hat es einen verrenkten Arm gebracht.« Corinna verzog schmerzhaft das Gesicht. »Der Typ hat einen Griff gehabt...«

»Und wir haben ihn natürlich nicht mehr erwischt«, sagte Jan düster. »Er stieg draußen in ein Auto...«

»Habt ihr euch die Nummer notiert?« fragte ich gespannt.

»Es hatte keiner was zu schreiben...« gab Klaus-Peter geknickt zu. »Ist natürlich idiotisch so was. Wir haben gedacht, mit der Kamera...«

»Zuviel gedacht«, sagte ich knapp. »Wir hätten eben vorher darüber reden sollen. So etwas muß generalstabsmäßig durchgeführt werden. Wir haben es hier mit Profis zu tun.«

Betretenes Schweigen folgte. Nigel drückte unter dem

Tisch meine Hand und flüsterte mir ins Ohr: »Nun quäle sie doch nicht so...«

»Hat sich wenigstens jemand die Nummer gemerkt, den Autotyp?« fragte ich streng in die schuldbewußte Stille hinein und hielt Nigels angenehm kühle Hand streichelnd fest.

»Na ja, das Auto war dunkel...«, fing Jürgen unsicher an, und Jan bestätigte eilfertig: »Ich glaube, es war rot.«

»Na prima«, sagte ich mit gespielter Bitterkeit. »Und vermutlich mittelgroß, und vier Räder hatte es auch?«

Jetzt hatte ich sie wirklich kleingemacht, und das war gut so. Noch eine solche Aktion konnten wir uns nicht erlauben – und ich konnte es einfach nicht glauben, daß sie bei ihrem sonstigen Raffinement die einfachste Übung, sich eine Autonummer zu merken, vergessen hatten. Angesichts der sechs betretenen Gesichter aber gab ich schließlich nach.

»Ihr habt mehr Glück als Verstand gehabt«, sagte ich leise. »Nigel ist Fotograf und hat mich begleitet.«

Nun waren sie wirklich baff. Ob sie die Bilder sehen könnten?

»Ihr seid wohl verrückt?« fragte ich scharf. »Glaubt ihr im Ernst, wir bringen Beweismaterial mit in die Kneipe und halten hier mit euch die Kontaktstreifen unter die Funzel?«

Das sahen sie tatsächlich ein. Dann erst kamen sie endlich auf die Idee, mich zu fragen, was in dem Umschlag gewesen sei. Ich warf ihn auf den Tisch, und hastig packten sie ihn aus. Lange Gesichter beschrieben die Erkenntnis.

»Und was jetzt?« Nicole schaute mich fragend an.

»Tja – jetzt kommt der zweite Teil unseres Plans. Den sollten wir gleich besprechen. Aber zuvor muß ich mal eben verschwinden.« Ich quälte mich zwischen Bank und Tisch hervor und zwängte mich durch den schmalen Weg zwischen den Bänken in Richtung Toiletten.

Ein langer schmaler Flur bog vom Gastraum ab, und ich war schon kurz vor den beiden Türen, die den kleinen Unterschied markierten. Einer, für den die andere Tür vorgesehen war, stand plötzlich hinter mir, riß mich an der Schulter herum und drückte mich an die Wand. Er hatte einen kahlrasierten Schädel auf einem Stiernacken, der wiederum fast nahtlos aus zwei durchtrainierten Oberarmen zu wachsen schien, von welchen der linke eine kleine Tätowierung zeigte, ein mächtiger Greif, der in seinen Fängen zwei Runen hielt. Einen Sekundenbruchteil, bevor ich seine Pißnelke mit einem gezielten Knieschlag demolieren konnte, drückte er mir mit der brachialen Linken die Kehle zu. Sein Griff lockerte sich kurz, als ich ihn traf, aber anscheinend war er an jener Stelle nicht verwundbar, warum auch immer. Und seine Linke konnte ich trotz aller Kampfkunst nicht lösen. Eine Schwarzenegger-Statur mit ärmelloser Lederjacke und Mundgeruch.

»Ich warne dich«, zischte er. »Morgen schiebst du das Zeug rüber, sonst drehe ich dir deinen Hühnerhals ganz ab!« Sein Atem schlug mir heiß ins Gesicht, und es schüttelte mich vor Ekel. Ich wartete auf meine Chance, auf den Augenblick, in dem er für einen kleinen Moment unkonzentriert war und ich kontern konnte.

»Hast du das kapiert, Frustmutter?«

Ich stieß ein bejahendes Gurgeln aus – er hatte meine Kehle inzwischen bis zum empfindlichsten Punkt zugedrückt.

»Du hast keine Chance! Merk dir das.«

In diesem Augenblick öffnete sich die Tür zum Flur, und ich sah aus dem Augenwinkel Klaus-Peter hereinkommen. Der Typ ließ mich los. Doch Klaus-Peter war bereits wieder verschwunden. Dann wurde mir schwarz vor Augen.

Die Riesenpranke hatte mich an der Schläfe getroffen.

Ich fand mich auf dem Fußboden wieder und brauchte eine Weile, bis ich wieder alles beisammen hatte. Dann ging ich zum Waschbecken und hielt meinen Kopf unter das kalte Wasser. Ich rechnete mir aus, daß der Dreckskerl verschwunden war. Vor allem das mit der ›Frustmutter‹ machte mich rasend.

Als ich zurück in den Garten kam, saß Nigel alleine am Tisch. Die Kids waren komischerweise verschwunden.

»Wie siehst denn du aus, my Dear?« Nigel war aufgesprungen, Köpfe drehten sich nach mir um.

»Wo sind die Kids?« fragte ich, ohne zu antworten.

»Komm setz dich!« Nigel hatte mich am Arm gefaßt und wollte hilfreich sein, aber ich schüttelte ihn ab.

»Wo sind sie?«

»Plötzlich gegangen. Klaus-Peter kam vom Klo zurück und sagte, sie müßten sofort das Weite suchen. Es sei einer da, den sie neulich ausgenommen hätten. Dann sprangen sie auf und stürmten davon. Den Umschlag haben sie hiergelassen.«

Ich setzte mich hin und nahm einen langen Schluck aus Nigels Glas. Meine Hände hörten langsam auf zu zittern. Ich machte mir Sorgen – einerseits um meine jungen Freunde, andererseits weil der Kerl keine zwei Stunden nach der doppelt gelinkten Übergabe am Hauptbahnhof bereits wußte, wo er mich finden konnte. Und dieses Gefühl genügte mir seit den Begegnungen in meiner Wohnung mit den Delinquenten aus vorherigen Fällen. Ich fragte mich, weshalb ich nicht bemerkt hatte, daß ich verfolgt worden war. Dabei hatte ich meinen Heimweg sorgfältig gewählt und immer wieder darauf geachtet, ob mir irgend jemand auf den Fersen war.

»Laß uns gehen! Ich muß schauen, was mit den Kids ist. Mir ist gerade eben irgendein Drecksack an die Kehle gegangen, der mit dem Typ vom Bahnhof zu tun hat, und Klaus-Peter hat ihn gesehen. Wer weiß, ob der die da draußen nicht aufmischt.«

Nigel war ebenso besorgt wie hilflos. So hatte er sich seinen Besuch bei Rosa sicher nicht vorgestellt – am ersten Abend schon eine leicht lädierte Detektivin am Arm, die verfolgt wurde, für die er Fotos machte und der zu allem Übel noch eine unberechenbare Bande von Kids anhing, die nach Schwierigkeiten aussah. Von den Eifersuchtsszenen, die ihn erwarteten, gar nicht zu reden.

Merkwürdigerweise erheiterte mich das. Dieser übergroße, rothaarige Intellektuelle mit seinem Oxford-Deutsch hatte mir zwar geholfen, vermehrte aber im Grunde meine Schwierigkeiten. Nach Jiu-Jitsu sah er ganz und gar nicht aus. Mehr als alles andere verdiente er meinen Schutz.

Ich nahm sein Gesicht in meine Hände und küßte ihn. »You poor thing«, sagte ich. »Rosa hätte dich warnen sollen.«

»Nicht vor dir«, sagte er lächelnd, »was sie im übrigen schon getan hat – erfolglos. Aber vielleicht vor deinem Arbeitsleben – und dem Othello in der Wielandstraße.«

Es war vermutlich illoyal Udo gegenüber – aber die Titulierung Othello amüsierte mich. Und was sollte man von einem Engländer auch anderes erwarten als ein Shakespeare-Zitat?

»Laß uns zu dir gehen«, schlug der Engländer vor. »Ich glaube, es macht wenig Sinn, jetzt nach den Kids zu suchen. Es ist wohl besser, wenn du erreichbar bist.«

Dieser Hinweis und meine schwache Verfassung überzeugten mich unmittelbar. Mein Kopf schmerzte nicht wenig, und vermutlich würde mir ein wenig Ruhe guttun. Auf dem Heimweg fühlten wir uns jedoch sicher, Arm in Arm. Unsere Fürsorge war durchaus gegenseitig – auch seinetwegen schaute ich häufiger als sonst in die Hofeinfahrten und über die Schulter. Und was die Nacht im Zweifel bringen könnte, war auch noch nicht raus – obwohl ich vermutete, daß der Kerl lediglich den Auftrag für eine verschärfte Warnung hatte.

Auf dem Küchentisch lag ein Zettel: »Bin vorübergehend zu Nora & Peter gezogen.« Nigel sah mir über die Schulter und zog die Luft ein.

»Mir scheint, ich mache dir allzu viele Schwierigkeiten. Am besten suche ich mir noch heute nacht ein Hotel.«

Ich überlegte kurz und bat ihn dann zu bleiben: »Das mit Udo und mir…« ›ist eine endlos schwierige Geschichte‹, hatte ich fortfahren wollen. Aber dann fiel mir die Unentschiedenheit auf – denn ich wußte selbst nicht mehr, ob sie nun endlos und schwierig oder nur schwierig war, und ich wollte das jetzt nicht entscheiden. In der Tat schien der vorübergehende Auszug aus der gemeinsamen Wohnung wie ein letztes Mittel – aber auch dieses letzte Mittel hatte Udo diesmal nicht zum ersten und vielleicht auch nicht zum letzten Mal angewandt. Seine Eifersucht wurde akut notfalls auch ohne jede Grundlage, und ich hatte keine Lust auf ein Rechtfertigungsverfahren, das Nigel auf eine für ihn zweifellos unangenehme Weise einbeziehen müßte. Ich kannte alle Schleifen einer solchen Auseinandersetzung, und ich wollte nicht einmal eine davon vollziehen – und jetzt schon gar nicht, da ich mit anderen, keineswegs ungefährlichen Dingen befaßt war. Wir würden alles klären müssen, wenn dieser Fall vorbei war und Nigel wieder in London, wo er vermutlich mit irgendeiner Cambridge-Absolventin eine Wohnung teilte.

Gegen Kopfschmerzen half nur zweierlei: der Genuß von zwei Aspirin und sofortiger, langer und tiefer Schlaf – oder der Genuß von Alkohol in möglichst perlender Form. Die Umstände diktierten die zweite Therapie, denn noch war das Schicksal der Kids schließlich vollkommen ungeklärt. Also trank ich nach Jekylls Verarztung – der Hund war immer noch erbarmungswürdig matt und schlief wie leblos in seinem Korb – mit Nigel einen eiskalten Prosecco, bis unser von leichten Zärtlichkeiten begleitetes Gespräch von wildem Klingeln unterbrochen wurde.

»Ruth«, über die jüngst installierte Gegensprechanlage hörte ich Corinnas Stimme, »mach auf! Es ist dringend.«

Ich erschrak und malte mir bereits das Schlimmste aus. Dann hörte ich die Schritte der sechs die Treppe hochstapfen und war froh, als ich sie alle auf den ersten Blick unversehrt fand. Dann sah ich jedoch die Schrammen, die Jans Gesicht überzogen.

»Um Gottes willen, was ist passiert? Kommt rein. Hat er euch erwischt?« wollte ich wissen.

»Wir ihn«, Jan grinste. »Und wie!«

Sie polterten in die Küche und machten sich über die herumstehenden Mineralwasserflaschen her.

»Der steht nicht mehr auf, das kannst du glauben!« brüstete sich Klaus-Peter.

»So schnell auf jeden Fall nicht«, pflichtete ihm Nicole bei.

Dann erzählten sie, daß sie nach Klaus-Peters Alarm im ›Hinterhof‹ auf den Typen gewartet hatten, bis er herauskam. Corinna provozierte ihn so lange, bis er ihr in die nächste Hofeinfahrt folgte. Dort fielen sie gemeinsam über ihn her und rangen die Schwarzenegger-Statur nieder. Viel Gnade hatten sie dabei nicht walten lassen, und ich überlegte mir, weshalb ich vor drei Tagen im Schrebergartenhäuschen besser davon gekommen war. Es stellte sich heraus, daß sie ihn am Ende stark lädiert, geknebelt und an eine Dachrinne gefesselt zurückgelassen hatten. In seinen Taschen hatten sie lediglich Kleingeld und einen Wagenschlüssel gefunden. Mit dem Schlüssel machten sie sich auf die Suche und fanden den roten Opel schließlich in der Rotlintstraßte geparkt. Sie hatten ihn ausgeräumt – ihr altes Spiel wieder aufgenommen. Die wenigen Dinge, die sie sich unter den Nagel gerissen hatten, brachten sie mit. Ein Autoradio, drei Kassetten, eine angebrochene Schachtel ›West‹, einen Schlagring und eine Flasche Licher-Bier nebst Kronkorkenöffner. Das war alles, sagten sie, außer einem Stadtplan und einer Zeitung, die sie dringelassen hätten. Die Kids waren gerissen und doch nicht so harmlos, wie ich sie bisher eingeschätzt hatte.

Ich bat sie, mir zu zeigen, wo der Wagen stand. Ich wollte selbst nachschauen, ob sich nicht irgendwo noch ein Hinweis fand. Nigel, der einer Mischung aus Neugier, Fürsorge für mich und wilder Abenteuerlust anheimgefallen zu sein schien, wollte uns auf jeden Fall begleiten. Ich umarmte ihn und flüsterte: »Wenn ich dir auch, was die körperliche Selbstverteidigung betrifft, in jedem Fall überlegen bin, repräsentierst du eben doch die stärkere Hälfte der Menschheit. Als formaler Begleitschutz also bist du willkommen. Aber laß dir nicht einfallen, mich verteidigen zu wollen, wenn es scheinbar darauf ankommt...« Er versprach's und folgte.

Wir brachten die paar Meter vorsichtig hinter uns und nahmen die Karre noch einmal unter die Lupe. Auf dem Beifahrersitz lag der Stadtplan, unter ihm die Zeitung. Ich warf einen Blick darauf: ›Freies Vaterland‹ – der Titel in Frakturschrift. Ich nahm beides an mich – Stadtpläne kann man nie zuviel besitzen, es gibt schließlich auch überraschende Besuche aus dem Ausland. Ansonsten schien der Wagen restlos leergeräumt. Sehr zufrieden war ich damit nicht. Dann sah ich im Aschenbecher etwas glitzern. Das typische Versteck – eigentlich der konventionellste Platz, an dem man als erstes suchen sollte, wenn man in einem Wagen einen ganz bestimmten, meist in Stanniolpapier eingewickelten Tabakzusatz sucht, der immer noch nicht legalisiert ist.

»Seit wann kiffen denn die Nazis«, überlegte ich laut.

»Was ist denn das?« Klaus-Peter besah sich den kleinen Aluklumpen mißtrauisch.

»Na, Shit«, rief Jan.

»Haschisch?« Klaus-Peter sah mich fragend an.

»Jetzt kann ich das endlich mal probieren«, sagte er.

»Mach kein' Scheiß! Das Zeug schmeckt beschissen«, wußte Corinna.

»Es schmeckt nach Kräutergarten und Marokko«, stellte Nigel richtig, »und macht außerordentlich müde. Für eine schlagkräftige Truppe kaum zu empfehlen. Man wird so harmlos wie das Präparat selbst.«

Er erntete einen vernichtenden Seitenblick.

»Du sprichst wahrhaftig wie ein Beipackzettel«, sagte ich amüsiert. »Nichts gegen gepflegtes Deutsch, aber hin und wieder übertreibst du doch ein wenig.«

Dann machte ich mich nochmals daran, den Wagen zu durchsuchen. Ich tastete langsam die Unterseite des Armaturenbretts ab und entdeckte unter der Lenksäule eine Aussparung. Ich griff hinein und spürte etwas Metallenes, das ich nach zweimaligem Abtasten identifizierte. Ich zog die Pistole heraus.

»Wo liegt der Kerl«, fragte ich die Kids. »Wir wollen ihm doch noch eine Freude machen!«

»Und wie?« Mißtrauen lag beim Anblick der Waffe in Nicoles Stimme.

»Keine Angst, ich tue ihm nichts weiter«, beruhigte ich sie.

Wir schlichen uns, so leise es ging, in dic Hofeinfahrt. Der Kerl lag noch immer unbeweglich auf dem Boden und war gekonnt arretiert. Besser hätte ich es auch nicht gemacht. Vor allem, er schien noch immer ohne Bewußtsein zu sein. Ich schob ihm als erstes den Shit in die Jackentasche, dann wischte ich die Waffe mit einem Papiertaschentuch ab, legte sie ihm in die Hand – was mich einige Mühe kostete, denn die Dachrinne, an die seine Hand gefesselt war, ließ ihr nicht viel Bewegungsspielraum. Dann schauten wir, daß wir wegkamen. Von der Telefonzelle Ecke Friedberger Landstraße aus verständigten wir die Polizei und hofften, daß sie den Typ wirkungsvoll hochnehmen würden.

Nachdem wir uns für Sonntag verabredet hatten, machten sich die Kids auf den Heimweg.

Ich war mit Nigel wenig später wieder zu Hause. In Ruhe schauten wir uns die Zeitung an, die ich aus dem Wagen mitgebracht hatte. Als Herausgeber zeichnete eine ›Deutsche Liga für Volk und Vaterland‹, und die Kapitelüberschriften sprachen immer noch von der »bolschewistischen Gefahr«, der »Schlesienhilfe«, von einer »Notverwaltung des Deutschen Ostens«, der »Judenlüge Auschwitz« und vor allem von Ausländerhetze und daß Rostock, Cottbus, Augsburg, Erfurt und all die anderen Orte erst der Anfang gewesen seien.

»Das ist denn doch bizzar«, sagte Nigel amüsiert. »Die Veränderung der bilateralen Lage scheint den Herrschaften bisher entgangen zu sein. Soweit ich weiß, packten doch auch die Deutschen gern und fleißig Hilfspäckchen für Rußland?«

»Die hin und wieder am Zielort nicht ankamen«, bestätigte ich. »Dafür werden auf dem Schwarzmarkt infizierte Spritzen und Westmedikamente verkauft und andere Westgüter, die in die falschen Kanäle geraten sind. Die dritte Welt ist im Osten längst angekommen. Aber ehe eine dortige Regierung zugibt, daß sie außerstande ist, die Hilfsgüter entsprechend zu verteilen, läßt sie lieber die Bevölkerung verkommen. Rußland ist doch nicht Somalia ... Und unsereins packt Päckchen, jedes Jahr neu zu Weihnachten ...«

Nigel hatte mir nicht zugehört. »›Wir sind nicht die letzten von gestern, sondern die ersten von morgen‹«, las er bedachtsam vor. »Du kennst diesen Satz?« fragte er mich.

»Neonazis, nehme ich an.« Der Ton war schließlich eindeutig.

»Nein, my Dear. Das war ein Gestriger, kein Heutiger, der dies sagte: Sündermann, stellvertretender Reichspresseleiter Hitlers.«

Ich muß ihn mit einem Blick angesehen haben, der die reine Ehrfurcht zum Ausdruck brachte. Oxford und Cambridge in allen Ehren, aber das hatte ich nicht erwartet.

»Mach den Mund wieder zu, obwohl es lovely aussieht. Ich bin zwar Fotograf, habe aber auch einmal Geschichte studiert, Schwerpunkt euer sogenanntes Drittes Reich. Und ein gutes Gedächtnis habe ich auch. Das ist das ganze Geheimnis.«

Mein Gedächtnis ist schwächer, als mein Job erfordert, deshalb jagen mir solche Leistungen immer Bewunderung ein. Dennoch machte ich den Mund wieder zu – und mir selber klar, daß in jeder *person-to-person*-Konfrontation mit einem lebendigen Neonazi ich bessere Karten hätte als der Historiker Nigel.

»Und was bedeutet diese – Authentizität?«

»Meiner Ansicht nach macht es die Sache schlimmer. Die eine solche Zeitung machen, sind keine unwissenden Provokateure, keine von der Gesellschaft abgedrängten Underdogs, als welche die bundesrepublikanische Gesellschaft die Neonazis gern begreift. Diese Herrschaften wissen genau, was sie tun und was sie damit wollen.«

»Ich habe diese Neonazi-Bewegung bis zu den Pogromen in Rostock und anderswo immer als eine Art Furunkel betrachtet – ekelhaft und überflüssig, aber nicht eigentlich gefährlich. Ich meine, all diese jungen Kerle, die da gröhlend in der Provinz durch die Straßen laufen, die wissen doch instinktiv, wie sie die Gesellschaft provozieren können. Und es gibt eben noch immer keinen härteren Tabubruch als eine Fahne mit einem Hakenkreuz.«

»Ich nehme an, du bist so das, was man gemeinhin ›linksorientiert‹ nennt...?«

Nigels Ton gefiel mir nicht. Um mich selbst zu beruhigen, ging ich zum Kühlschrank und füllte unsere Gläser nach. »Was willst du damit sagen?« fragte ich schließlich.

»Ich will dich nicht provozieren, my Dear. Aber bei allem, was ich über diese neue Bewegung gelesen habe, ist mir zweierlei aufgefallen: erstens ist die Erforschung der Neonazis eine hervorragende Arbeitsbeschaffungsmaßnahme für eine ganze Generation linksliberaler Soziologen. Und zweitens bindet diese Berufsgruppe an ihr Studienobjekt eine eigentümliche Ambivalenz: weil alle Linken glauben, daß die Menschen eigentlich gut sein müßten, verharmlosen sie gern. Diese jungen marodierenden Schläger, die Ausländer totprügeln und Friedhöfe verwüsten, sind also keine erwachsenen Menschen, die man zur Verantwortung ziehen müßte. Sondern es handelt sich ausnahmslos um irregeleitete junge Leute, die – genau, wie du es beschrieben hast – nur zufällig den Verführern in die Hände geraten sind.«

»Aber du willst doch nicht bestreiten, daß es auch der Tabubruch ist, der sie fasziniert?« Nigels Selbstbewußtsein verunsicherte und ärgerte mich, und ich fühlte ein wachsendes Bedürfnis, ihm zu widersprechen.

»Das stellt natürlich eurer Gesellschaft das allerbeste Zeugnis aus«, gab der englische Schnösel amüsiert zurück. »Jetzt fehlt nur noch der Vergleich mit den Achtundsechzigern, dann ist die Heiligsprechung perfekt...«

»Und was würdest du mit diesen jungen Arbeitslosen machen?« fragte ich einigermaßen aufgebracht. »Glaubst du im Ernst, es hat Zweck, sie einfach nur der Justiz zu übergeben und damit – indem man sie ausgrenzt – ihnen genau diesen Nimbus des Geheimen und Verbotenen zu geben, von dem deren Führer profitieren?«

»Aber das tun sie doch längst, my Dear.« Nigels Ruhe war gespenstisch. »Es handelt sich doch schon um einen Ku-Klux-Clan. Nur eure aufgeklärten Soziologen tun noch immer so, als wären das lauter kleine, irregeleitete Parias...«

»Und stimmt das etwa nicht? Alle Untersuchungen sagen...«

»Alle Untersuchungen sagen das Gegenteil«, unterbrach er mich. »Die Höchstergebnisse für rechtsradikale Parteien werden keineswegs da erzielt, wo die Arbeitslosigkeit am höchsten ist, wo die armen, entrechteten Gestalten wohnen... Das genau wäre der Freispruch, an dem diese Gesellschaft interessiert ist. Schau dir an, wo die Republikaner die besten Ergebnisse haben, schau dir die Struktur ihrer Wähler an: da ist eben alles vertreten.«

Ich gab es auf. Ich konnte ihm das Gegenteil nicht beweisen, und seine genaue Kenntnis verblüffte mich. Vielleicht sah man im Ausland manches doch etwas klarer als hier.

»Und wie schätzt du diese Szene ein, die sich da in dieser Zeitung wiederfindet, mit diesem Zitat von diesem, diesem –«

»Sündermann, my Dear. Eigentlich leicht zu merken. Nun, ich fürchte, du hast in ein ganz ekliges Nest gestochen, mit deinem Job. Jetzt wird es allmählich bedenklich.« Er kratzte sich an der Stelle seines Hinterhaupts, die von seinen rotblonden zarten Locken nur unzureichend bedeckt war.

Wir unterhielten uns lange darüber, was zu tun sei. In der Tat hatte auch ich mittlerweile Schiß bekommen, wußte aber, daß ich mir oder uns an dieser Stelle selbst helfen mußte, denn meinem Polizistenfreund Ferdinand Kaiser war schließlich jeder Eingriff untersagt.

Nigel war längst ins Gästebett verschwunden, als ich nochmals dieses Drecksblatt durchblätterte und danach den Stadtplan auf dem Tisch ausbreitete. Unser Gespräch über Politik hatte alles abgeblockt, was zwischen uns möglich gewesen wäre – es gibt kein sichereres Mittel, um jede Erotik zu töten, als eine Debatte über Neonazis. So saß ich also rauchend über den Plan gebeugt und ließ meinen Blick über Frankfurt im Maßstab 1 : 16500 schweifen. Und endlich wurde ich fündig: links unten zwischen den Lageplänen von Schwanheim und Kelsterbach stand handschriftlich eine Zahl eingetragen, der Anzahl ihrer Stellen nach eindeutig eine Telefonnummer. Selbstverständlich probierte ich sie aus.

Das Telefon klingelte mehrmals, bis sich endlich eine Frauenstimme auf der anderen Seite meldete. Es war kurz vor zwei Uhr morgens.

»Grabbe?« Ich erschrak und brauchte einige Sekunden, bis ich wußte, wie ich darauf reagieren oder ob ich einfach auflegen sollte.

»Hallo? Wer ist da?« wiederholte die Frauenstimme.

Ich räusperte mich und gab dann vor, in einem dringenden Fall den Herrn Rechtsanwalt sprechen zu müssen.

Grabbe war wenig später zu hören.

»Sie wünschen?«

»Herr Grabbe, Ihr Schläger hatte Pech heute abend!«

»Wer?«

»Der Kahlkopf, den Sie mir mit Ihrer Warnung auf den Hals gehetzt haben!«

»Kenne ich nicht. Wer sind Sie und was wünschen Sie?« Entweder begriff er wirklich nicht, oder er mimte ahnungslos.

»Ich bitte Sie, immerhin hat mir Ihr Bote Ihre Telefonnummer gegeben. Sie wissen schon, um was es sich dreht!«

»Hören Sie, es ist nach zwei – ich habe keine Lust auf Ihre Scherze! Sagen Sie mir jetzt, was Sie wollen, oder ich lege auf!«

»Haben Sie den Koffer erhalten?« Diese Überraschung saß.

»Ach so.« Grabbe stutzte nur kurz. »Jetzt verstehe ich. Wann erhalten wir den Inhalt?« Ansonsten keine Reaktion auf meine vorige Bemerkung – aalglatt war das Mindeste, was man diesem feinen Herrn bescheinigen konnte.

»Ich habe gesagt, Ihr Schläger hat Pech gehabt, Herr Grabbe. Und Ihnen wird es vermutlich auch nicht viel besser gehen. Sie haben versucht, mich zu linken. Das mag ich nicht. Verstehen Sie?«

»Was wollen Sie? Von was für einem Schläger sprechen Sie? Ich möchte lediglich den Inhalt des Koffers von Ihnen bekommen – Sie irren sich, meine Dame, wenn Sie meinen, ich hätte Ihnen jemanden auf den Hals gehetzt. In derartigen Kreisen halte ich mich grundsätzlich nicht auf.«

Seine Stimme klang derart beleidigt, daß ich fast versucht war, ihm Glauben zu schenken. Schließlich gibt es eine Reihe von akademisch vorgebildeten Verbrechern, die es zu ihrer Ehre zählen, auf Schlägerdienste verzichten zu können. (Und hin und wieder ist es die nackte Angst vor körperlicher Gewalt, die sich womöglich gegen die Auftraggeber richten könnte. Vielleicht war Grabbe nur ein Meter fünfzig groß und zierlich gebaut. Seiner Stimme war das allerdings nicht anzuhören.)

»Sei's drum! Sie hören mir jetzt genau zu«, schnauzte ich in den Hörer. Ich schäumte vor Wut. »Ihr Schläger wurde festgenommen und wird Sie im Zweifel sogar verpfeifen. Das ist mir soweit egal. Ich warne Sie: Wenn Sie Ihre Kampftruppe nicht zurückziehen, dann sehen Sie von dem Kofferinhalt rein gar nichts. Sie haben die Wahl!« Dann sagte ich ihm, daß ich morgen die Anweisungen für die Übergabe durchgeben würde. Er solle auf meinen Anruf warten. Zufrieden war ich nicht gerade mit mir – und sicher, daß er sich wegen meines Anrufs überhaupt in ernste Zweifel stürzte, erst recht nicht.

Sonntag, 16. Juli. Mein Schlaf war nicht gerade gesegnet zu nennen. Wilde Träume mit Verfolgungsszenen schreckten mich immer wieder auf. Einmal meinte ich, ein Kratzen an der Tür zu hören, und sofort tauchten Schreckensvisionen von marodierenden Schlägertrupps auf, die mit tätowierten Oberarmen meine Wohnung verwüsteten und mich schließlich hilflos schlafend vorfanden. Ich focht im Traum mit mir die Frage aus, ob ich nun träumte oder nicht, und entschied mich immer wieder dagegen – nach dem, was ich am Abend zuvor erlebt hatte, war das immerhin kein Wunder.

Ein weiteres Geräusch an der Tür weckte mich schließlich wirklich auf. Ich sagte leise: »Ja?«, und Nigel stand in Lebensgröße im Rahmen – in einen rührend englischen Schlafanzug korrekt gekleidet und mit einem zarten, aber nicht besorgten Lächeln. Vor Erleichterung sank ich zurück.

»Ich habe wahrhaftig vollkommen vergessen, daß du in der Wohnung bist«, brachte ich schließlich heraus. »Irgendwann in der Nacht war ein Geräusch an der Tür, und ich dachte sofort an die Neonazis, die hier einbrechen und mich zusammenschlagen…«

Er legte sich unaufgefordert neben mich und zog das Laken über uns. »Was für ein Mißverständnis«, sagte er amüsiert. »Wenn ich mich schließlich vorstellen dürfte: Mein Name sei ab heute Sündenmann.«

Stunden später war die Sonne nicht mehr auszuhalten. Mein Schlafzimmer, obwohl nach Westen gelegen, hatte sich schon aufgeheizt wie eine Sauna. Nigels Gegenwart, ganz und gar nicht geeignet, mich abzukühlen, tat ihr übriges. Ich wäre für mein Leben gern wieder eingeschlafen – mit ihm, allerdings in einem gruftähnlichen Gebäude, dunkel und kühl bis in alle Ewigkeit. Statt dessen brachen Sommer und Gegenwart terroristisch auf mich ein – das Bewußtsein, daß ich es mit einem gefährlichen Fall zu tun hatte, bei dem es bereits einen Toten, mehrere Verletzte und ein unabsehbar brutales Hinterland gab. Also stand ich widerwillig auf. Nigel brachte die Kaffeemaschine in Gang, und ich zeigte ihm all the facilities unserer Wohngemeinschaftsküche. Dann ließ ich seine leise pfeifende Geschäftigkeit und die eher röchelnde Kaffeemaschine hinter mir und genoß, wie unendliche Minuten lang das Wasser aus der Dusche auf mich herunterprasselte. Noch immer fühlte ich mich gerädert, aber mittlerweile wach genug, die Gründe dafür in Gedanken zu fassen und mein tatsächliches ›Kopfzerbrechen‹ aufzulösen. Frisch geduscht legte ich mich aufs Sofa im Wohnzimmer und ließ mich von Nigel bedienen, der wie ein gut geschulter Oberkellner, ein Küchenhandtuch über dem Arm, Kaffee und ein Omelett servierte.

Was heute kommen sollte, war klar: ich hatte mich gründlich vorzubereiten auf den gefährlichsten Teil meiner Ermittlungen. Ich schaute die Straßenzüge auf dem Stadtplan an und entschied mich, diesmal den Wagen zu nehmen, um des Herrn Anwalts Domizil unter die Lupe zu nehmen. Ich fühlte mich im Auto sicherer, falls mir einer von Grabbes Gorillas an den Hals wollte – und Nigel, so entschieden wir, sollte heute seine unumgänglichen Termine wahrnehmen und im übrigen Jekyll am Sterben hindern.

»Vielleicht brauche ich dich noch, morgen oder die nächsten Tage«, sagte ich in düsterer Vorahnung. »Nimm den Hund in Pflege und schone dich, vielleicht brauche ich dich schon sehr bald.«

Die Fahrt auf der Mörfelder Landstraße von Sachsenhausen in Richtung Flughafen läßt zuerst nicht vermuten, daß hinter der westdeutschen Plattenbauweise der frühen sechziger sich noch eine schnieke Siedlung mit Straßen, die nach deutschen Musikern benannt sind, anschließt. Von der Niederräder Landstraße biegt man ein in die nur für Anlieger freigegebene Humperdinckstraße und dann nochmals rechts in die Max-Reger-Straße. Teure Wagen, auffällig mehr BMW als Mercedes, stehen vor teuren und großen Einfamilienhäusern. Sie wirken finster und bedrohlich mit den steilen bis auf das Erdgeschoß heruntergezogenen Satteldächern, die durchgängig mit schwarzem Schiefer gedeckt sind und schwer auf den weiß getünchten Hauswänden zu lasten scheinen. Die meisten dieser Häuser sind mit Alarmanlagen gesichert, ihre ebenerdigen Einlässe trutzen mit massiven Gittern aller vermuteten Unbill. Halbhohe Tuyahecken vor Eisenzäunen oder Mauern schließen die Grundstücke mit den mächtigen Trauerweiden oder Birken und dem gepflegten Rasen zur Straße ab. Ein Ehepaar schaute mir mißtrauisch nach, als ich im Schrittempo vorbeifuhr, bis ich hinter der Kurve verschwand. Ich stellte meinen Wagen ab – dessen schwarze Polsterung ich schon den ganzen Sommer lang verfluchte –, als ich das schwere Stahltor vor mir sah, das unter der Hausnummer 178 Rechtsanwalt Grabbes Festung sicherte. Auf der Betonmauer war eine Kamera montiert, die auf eine Gegensprechanlage an der gegenüberliegenden Seite gerichtet war. Links und rechts des Tors zog sich eine gut zwei Meter hohe, kahle Betonmauer um das Grundstück. Hinter ihr war lediglich das Dach des Hauses zu sehen.

Ich blieb eine Weile in meiner motorisierten Brutzelle sitzen und schaute mir die Festung und ihre Nachbarschaft an. Ein sichernder Blick in den Rückspiegel bestätigte mir, daß die Schwellung an der Stirn zwar zurückgegangen war, ich aber dennoch ein Bild des Erbarmens bot, gegen das auch die Kosmetikindustrie nichts mehr ausrichten konnte. Ein toter Fisch wirkte, verglichen mit mir, bestimmt wie ein Springquell des Lebens. Bei diesen Temperaturen blieb man eben besser im Kühlen und tauchte erst abends auf.

Ich verscheuchte meine Konditionsschwäche, so gut ich konnte. ›Reiß dich zusammen, Ruth Maria‹, sagte ich zu mir. ›Du hast eine Schlägerei hinter dir, steckst mitten in einer sogenannten Beziehungskrise, dein Hund ist krank, und dein Flirt kommt aus dem Ausland und geht auch dorthin zurück. Du hast allen Grund, schlecht auszusehen, aber mildernde Umstände trotzdem nicht zu erwarten.‹

Wer sich in dieser Straße auch nur zehn Minuten ohne ein konkretes Ziel aufhielt, war verdächtig. Den Bewohnern dieser Siedlung war ohne weiteres zuzutrauen, daß sie bereits die Polizei verständigt hatten, aus lauter Angst um ihr teures Feiertagsservice, die von Kinderhand gearbeiteten Seidenteppiche aus Vorderasien und die schweren Klunker der gnädigen Frau. ›Lieber nie reich als neureich‹, dachte ich mir und startete meinen Kleinwagen. Mehr von Grabbes Haus, als daß es vermutlich beinahe so gut gesichert war wie einst der Führerbunker, war ohnehin nicht zu entdecken. An das Tor durfte ich nicht herantreten – nur dort hätte es die Chance gegeben, durch die Ritze zwischen Stahl und Beton spähen zu können. Aber ich war mir auch so schon sicher, daß hinter der Mauer mindestens zwei Dobermänner oder Rottweiler mit gefletschten Lefzen und stark versetzten Hinterbeinen ihre Spuren hinterließen.

Ich erdreistete mich, noch dreimal durch die ganze Siedlung zu fahren, und wußte dann, daß ich die Geduld der Anwohner nicht weiter strapazieren durfte, ohne Gefahr zu laufen, meinen zarten Hals in einer Schlinge unter einer der Trauerweiden zu riskieren.

Doch dann wußte ich plötzlich, wie ich vorgehen mußte,

um diesen dubiosen Anwalt auszutricksen. Zufrieden fuhr ich in die Stadt zurück. Auf dem Weg dorthin machte mich der Anblick einer Telefonzelle unerwartet sentimental. Ich parkte den Wagen, drehte seufzend alle Scheiben hoch – Gefühle machen Arbeit –, schloß sorgsam ab und trug mich durch die Hitze in das Telefonhäuschen. Gut 43 Grad hier drin, schätzte ich, dann wählte ich die Nummer. »Von Kadell«, sagte ich. »Oh, das tut mir aber leid«, sagte Udos Sekretärin spitz. »Er ist schon zwei Stunden in einer Besprechung mit einem Autor, und da soll ich auf keinen Fall stören. Möchten Sie wohl später wieder anrufen?« »Mal sehen«, nuschelte ich in die Muschel und schmiß erbittert den Hörer ein: diese servile Zicke! Oder besser: dieser saublöde Hund! Natürlich hätte er ihr Anweisung geben können, mich in jedem Falle durchzustellen. Daß er es nicht getan hatte, zeigte eben nur, wie verstockt und kleinlich er war. Ich wählte meine eigene Nummer und ließ es lange läuten – vielleicht war Nigel ja zu schüchtern, um sofort an den Apparat zu gehen, wir hatten diesbezüglich nichts vereinbart. Statt dessen hörte ich nur meine eigene Stimme, die kühl und geschäftsmäßig sagte: »Sie haben die Nummer 7386543 gewählt. Leider ist derzeit niemand hier. Sie können jedoch eine Nachricht in beliebiger Länge hinterlassen...«

Endgültig verärgert hängte ich ein. Wenn man schon mal die Schuldgefühle niederkämpft – denn tatsächlich war es ja tückisch, zum eigenen Trost Nigel anzurufen, weil Udo die Versöhnung oder schon deren Anbahnung verweigerte –, will man wenigstens belohnt werden. Nun gab es Schuldgefühle für nichts und wieder nichts.

Ich ließ mich schwitzend im glutheißen Auto nieder und startete grimmig durch. Um sechzehn Uhr war ich mit den Kids in meinem Büro verabredet, wo wir das weitere Vorgehen besprechen wollten.

Am frühen Abend lief ich zu Hause ein. Jekyll kam mir schon an der Tür entgegen – ein bißchen torkelnd zwar und noch matten Auges, aber in schon deutlich besserer Befindlichkeit. Auch fiel er nicht mehr über die eigene Zunge, die zudem stellenweise ihre normale Färbung – etwa Kalbsleberwurst extrafein, hundert Gramm 1,39 – angenommen hatte. Ich nahm ihn zärtlich auf die Arme und steuerte die Küche an, wo etwas verheißungsvoll duftete.

Nigel kam mir, den Kochlöffel schwingend, entgegen. »Erst dem Hund aus der Dame, dann der Dame aus den Kleidern helfen«, sagte er und küßte meinen Hals an einer Stelle, wo dieser äußerst empfindsam ist. Dann nahm er mir den Hund ab und knöpfte den Rückenausschnitt entlang.

»Ich muß dich rüde unterbrechen«, sagte ich. »Du kannst mir einen Sherry anbieten, mehr nehme ich im Moment von dir nicht entgegen. Ich muß erst wieder lebendig werden.«

Er goß mir einen Sherry ein und rumorte dann weiter am Herd herum. »Ich weiß, daß du von fast allem etwas verstehst«, sagte ich zögernd, »und es duftet auch wirklich vielversprechend. Trotz allem wirst du mir die Frage verzeihen, ob du in dieser Küche englisch kochst?«

»Du hast keine Ahnung von englischer Küche, my Dear«, sagte er, ohne sich umzuwenden, »wie in der Tat von so vielen Dingen. Wo immer sich die Gelegenheit bietet, werde ich an der Vervollkommnung deiner Bildung arbeiten, also auch hier. Wart's ab mit deinen Verdächtigungen, bis du die erste Gabel gekostet hast.«

»Ich habe versucht, dich anzurufen«, meldete ich seinem Rücken und streifte dabei die Sandalen von den Füßen, »so gegen halb vier. Aber es hat niemand abgenommen.«

Er drehte sich um und umarmte mich. »Das nächste Mal mache ich es besser«, murmelte er. »Ich war hier und dachte mir, daß du es seist, aber ich traute mich doch nicht abzunehmen – ich wollte nichts durcheinanderbringen in your privat and business life. Ich habe sofort darauf in deinem Büro angerufen, aber da hörte ich nur den Anrufbeantworter…«

»Es war von unterwegs aus«, sagte ich. »Immerhin eine zarte Gedankenübertragung.«

»Beweis einer Verbindung«, führte er fort, »welche der Vertiefung offensichtlich bedarf.«

Montag, 17. Juli. Grabbe hatte ich gestern abend – vor einem legendär guten Roastbeef – noch angerufen und ihm meine Anweisungen genannt. Ich hatte ihm befohlen, um halb zehn in seinen Wagen zu steigen, minutiös den Weg entlangzufahren, den ich ihm beschrieb, und nicht auf die Idee zu kommen, auch nur an einer Stelle davon abzuweichen. Außerdem mußte er auf jegliche Begleitung verzichten, ob in seinem Wagen selbst oder auch als Geleitschutz. Ich log ihn an, daß seine Fahrt von Anfang an überwacht würde und ich an einer der beampelten Kreuzungen zustiege. Er erhielte dann den Inhalt des Koffers, ich im Gegenzug das Geld. Ich spekulierte darauf, daß er mir glaubte, denn daß ich vom Fach war, das hatte er schließlich schon am Freitag herausgefunden.

Ich war bereits früh auf den Beinen, trotz Nigels wenig pflichtbewußten Bemühungen, mich an meinem Dienst zu hindern. Schließlich brachte er mir dennoch den Kaffee ans Bett, dann führte ich nach langer Zeit wieder einmal Jekyll aus: Er torkelte nicht mehr, sondern machte gleichmäßigen Gebrauch von allen vier Beinen. Um halb acht Uhr morgens war die Luft noch zu ertragen, es wehte sogar ein trügerisches Lüftchen – ein Blick gen Himmel, in das seit Wochen dräuende Graugelb, überzeugte allerdings selbst Optimisten schnell, daß keinerlei Abkühlung bevorstand.

Als ich zurückkam, war die Wohnung leer – Nigel war zu

einem Arbeitsgespräch weggefahren. Allein mit mir und meiner Nervosität, nahm ich mir alte Kontoauszüge vor, sortierte sie und heftete sie ab. Aber offenbar war ich nicht einmal dazu in der Lage – als ich festgestellt hatte, daß ich die 167 vor die 178 geheftet hatte, gab ich es auf. Da blieb wohl nur Küche putzen, spülen, das Bad reinigen – irgendeine dieser mechanischen Tätigkeiten, die ich nur dann erledige, wenn es wirklich nichts anderes zu tun gibt. Kaum hatte ich den Lappen in der Hand, klingelte das Telefon. Dankbarer als sonst stürzte ich hin: »Ja, hallo?«

»Ruth Maria, Gott sei Dank!«

HaJos Stimme klang merkwürdig agitiert und zugleich erleichtert. »Ich bin gestern abend zusammengeschlagen worden!«

»Was? Wann und von wem?«

»Auf dem Weg vom Verlag nach Hause, fast direkt vor meiner Haustür. Ich war beinahe zu Hause, da griff mich jemand von hinten an. Ich spürte etwas Kaltes an der Kehle, das muß ein Messer gewesen sein. Der Typ war mindestens zwei Köpfe größer als ich und ziemlich schwer, so etwas spürt man ja.«

»Hat er dich bedroht?«

»Du machst vielleicht Witze! Ist ein Stilett am Hals etwa keine Bedrohung?«

»So meine ich es doch nicht, HaJo! Ich wollte wissen, ob er etwas gesagt hat!«

»Ja, hat er. Er sagte: ›Gib die Sache mit dem Buch schnell auf. Das ist eine Nummer zu groß für dich. Das nächste Mal mache ich dich kalt.‹ Bevor ich noch irgendwie reagieren konnte, schlug er mich ohne jede Warnung zu Boden. Dann gab er mir noch einen Tritt in den Magen und einen in die Nieren – ich habe verdammt Glück gehabt, haben die im Krankenhaus gesagt.«

»Wie sah er aus?«

»Ich sagte doch schon: groß und eher schwer, aber muskulös. Irgendeine Jeans, und eine Strumpfmaske über dem Gesicht.«

»Sprach er mit irgendeinem Akzent?«

»Nein, nicht einmal Hessisch. Hochdeutsch.«

»Wie bist du ins Krankenhaus gekommen?«

»Na ja, ich lag da und habe mich gekrümmt vor Schmerz. Irgendwann kam jemand aus dem Haus. Erst wollte er über mich wegtreten, aber dann habe ich ihn doch davon überzeugen können, daß ich kein Zuhälter oder Drogenhändler bin und Hilfe brauche. Ich sage dir, diese Verrohung der Menschen...«

»Tut mir leid, HaJo, daß ich dich unterbrechen muß, aber ich habe etwas Unaufschiebbares vor, es hängt mit deinem Fall zusammen. Nur ganz kurz noch: Hast du schon Anzeige erstattet?«

»Nein, wollte ich gleich tun.«

»Okay, mach das. Ich melde es selbst noch an eine andere Stelle bei der Kripo. Ich melde mich wieder bei dir. Pflege dich und verhalte dich ruhig, okay?«

Ich legte auf und rief sofort Ferdinand an, um ihm diese neue Schweinerei mitzuteilen. Er pfiff leise durch die Zähne.

»Jetzt siehst du wohl spätestens ein, daß etwas mehr dahintersteckt, oder nicht?« fragte ich ungeduldig. »Oder traust du den Fahrrad-Kids so etwas zu? Von meinen Erfahrungen gar nicht zu reden...«

»Maria, ich habe nie...«, setzte er zu seiner Verteidigung an. »Höre, ich hab's eilig«, schnitt ich ihm das Wort ab. »Du hörst von mir. Ich glaube, ich lande heute einen großen Coup.«

Um halb neun endlich startete ich den verabredeten Rundruf. Klaus-Peter nahm den Hörer ab, kaum daß sein Telefon geklingelt hatte, als hätte er den Anruf nicht erwarten können. Es war verabredet, daß er Jan anrufen sollte, dieser wiederum Nicole und so weiter, bis zuletzt Corinna die Kette mit einem Anruf bei mir schloß. Nach kaum zehn Minuten war es soweit. Das war also das Zeichen, daß es losging – für die sechs Jugendlichen, denn ich hatte eigentlich gar nichts zu tun. Es war der Plan der beiden Mädchen, für den wir uns entschieden hatten. Sie hatten ihn so überzeugend vorgebracht, daß wir anderen sofort zustimmten. Die Gefahr, daß er schiefgehen konnte, war verschwindend gering. Nur ich war darin nicht vorgesehen.

»Du bist ein Risikofaktor«, mir klingelten die Ohren nicht schlecht, als ich diese Worte aus Corinnas Mund vernahm. »Die brauchen doch nur bei dir vor der Tür zu stehen und zu warten, bis du die Wohnung verläßt. Dann folgen sie dir, und das Spiel ist vorbei, bevor es angefangen hat. Warte lieber, bis wir wiederkommen!«

»Na gut«, ich willigte ein. Wir verabredeten als Treffpunkt eines der Apfelweinschiffe, die während der warmen Jahreszeit an der Museumsseite des Mainufers liegen.

9 Uhr 57. Ein Elektromotor ließ die schwere Metallschleuse an der Einfahrt zu Grabbes Wohnhaus auseinander schwenken und gab die Straße für den dunkelblauen Mercedes frei. Grabbe machte sich wie befohlen auf den Weg und reihte sich auf der Kennedy-Allee in den morgendlichen Einkaufsverkehr in Richtung Zentrum ein. Durch die Urlaubszeit hatte er zwar keinen ausgebufften Stop-and-go vor sich, doch an der Ampel, an der er links auf das kurze Stück Stresemannallee, das zum Main führt, abzubiegen hatte, benötigte er trotzdem drei Phasen, um über sie hinweg zu kommen. Genau hier warteten schon die Kids auf ihn. Auf einen Schlag fand sich Grabbe von Radfahrern umringt, die einen kurzen Blick in seinen Wagen warfen, neben ihm hielten, sich dann flugs zwischen den Wagen hindurchdrängten und eine Lücke im fließenden Querverkehr nutzten, um bei Rotlicht über die Kreuzung zu setzen. Auf der gegenüberliegenden Seite warteten sie. Das Stilett in Jans Hand konnte er nicht gesehen haben.

Nur langsam entwich die Luft aus dem rechten Hinterrad des dunkelblauen Mercedes. Grabbe fuhr über die Kreuzung und hatte zwei weitere Ampeln vor sich auf dem

Weg zur Friedensbrücke. Die erste schaffte er noch, bei der zweiten humpelte sein Wagen bereits heftig. Doch hier konnte er wegen des starken Verkehrs nicht halten. Kurz nach der Kreuzung fuhr er den Mercedes auf den Radweg, der auf der Brücke neben der Fahrbahn verlief. Grabbe stieg aus und ging um seinen Wagen herum. Wieder fand er sich von den Kids umringt, die diesmal kräftig über die Mercedesfahrer maulten, »die arroganten und reichen Drecksäcke, die einfach den Radweg blockieren...« »Ihr seht wohl nicht, daß ich 'nen Platten habe!« schimpfte er zurück und bückte sich dann, um den Schaden näher zu begutachten. »Und einen Kurzen auch!« Nicole war schließlich nicht aufs Maul gefallen. Grabbe verbiß sich die Antwort und registrierte, während er gebückt um seinen Pneu trauerte, auch nicht, wie die Fahrertür seines Wagens leise zugedrückt wurde, nachdem eine Hand seinen Aktenkoffer nach draußen gereicht hatte, und mittlerweile längst wieder den Griff eines Fahrradlenkers umschloß. Die Kids machten sich auf und davon und ließen den noch ahnungslosen Grabbe, der gerade den Kofferraumdeckel seines Wagens öffnete, nervös schimpfend zurück.

Lachend liefen sie auf dem Apfelweinschiff ein, schwenkten den Koffer und riefen laut: »Es hat geklappt, Ruth!« Sie waren verdammt laut – und dennoch, ich war froh darüber, daß sie es geschafft hatten. Lange genug hatte ich mir, auf dem Freideck schwitzend und aufgekratzt, ein Kännchen Kaffee nach dem anderen eingeschüttet und war dabei natürlich noch nervöser geworden, als ich es ohnehin schon die ganze Zeit war. Jetzt war es gut! Der Aktenkoffer würde die Wahrheit zeigen, hoffte ich, und Grabbe würde kochen vor Wut, wenn er entdeckte, daß er fehlte. Zwei Zahlenschlösser sollten unbefugtes Öffnen verhindern, geklaut werden konnte er aber doch.

Schade, daß wir hier die Schlösser nicht knacken durften – gespannt waren wir alle darauf –, aber es wäre zu auffällig gewesen. Und geeignetes Werkzeug, außer dem besagten Stilett, war auch nicht da.

Nachdem die Kids ihren Durst mit Unmengen Cola und anderem süßen Zeugs gestillt hatten, machte ich mich mit dem Koffer auf den Weg in mein Büro – selbstverständlich mit dem Versprechen, ihnen abends mitzuteilen, was sich in dem Koffer befand.

Mit Zange, Schraubenzieher und einigen gezielten Hammerschlägen hätte ich den Koffer im Nu öffnen können – ich zog es aber vor, mir etwas Zeit zu nehmen, mein Fingerspitzengefühl und meine Ausbildung auf die Probe zu stellen und mit der notwendigen Sensibilität den Code zu knacken. Keiner wußte schließlich, ob ich ihn nicht noch einmal benötigen würde – und schon wieder vier blaue Scheine für ein Substitut hinzulegen, hatte ich keine Lust.

Mein Fund lohnte sich: Ein sorgsam bandoroliertes Bündel Tausender (»ach die guten alten großen Lappen«) lag neben klassischen Männerutensilien der schweißfreien und wohlgekämmten Burschenschaften, ein paar Stiften und einem großformatigen Notizbuch in Kombination mit dem zugehörigen Tagesplaner und Adreßverzeichnis auf dem Seidenfutter des Koffers. Mir wurde der Atem vor Aufregung kurz. Das Notizbuch, das Adreßverzeichnis – hier konnten die Spuren liegen, die ich so dringend suchte. Aufgeregt ging ich Seite um Seite durch und schreckte nicht einmal auf, als das Telefon klingelte.

»Hier spricht Doktor Grabbe!« hörte ich, nachdem der Piepston nach meiner Ansage zum Sprechen aufforderte. »Frau von Kadell, ich nehme an, Sie wissen, daß ich nicht zum vereinbarten Treffen kommen konnte.« Etwas Bedrohliches lag in dieser Stimme – über den Ärger hinaus. »Sollte meine Vermutung zutreffen, dann werden daraus Konsequenzen folgen. Dies zu Ihrer Information.«

Ich schrak zusammen. Woher kannte er meinen Namen? Und wenn er ihn schon kannte, dann würde er sich einiges mehr noch zusammenreimen können. Eine Zigarettenlänge Nachdenken half mir kaum aus meiner Verunsicherung, und ich zwang mich zurück zum Notizbuch. Neben verfahrensbezogenen Aufzeichnungen, die die erste Hälfte des eingehefteten Papierstapels füllten, fand ich eine Unzahl von unverständlichen Formeln, mit denen ich nicht klarkam. Ein Code, chiffriert? Ich legte die Blätter nach einigem Grübeln zur Seite und machte mich an das Adreßbuch. Klar, daß unter G wie Gaststätten die Anschriften guter Restaurants zu finden waren, und sicher waren viele Namen auf den anderen Blättern die Anschriften von Freunden und Geschäftspartnern. Aber daß sich ein zweites vollständiges Alphabet anschloß, das wieder nur mit unverständlichen Formeln beschrieben war, machte mich nun vollends stutzig.

Irgend etwas zwang mich mit diesen Unterlagen zum Fotokopierer. Ich spürte, daß es wichtig war, dieses Ding nicht ungesichert hier zu haben. Dann rief ich Ferdinand im Polizeipräsidium an.

»Kaiser.« Diesmal also kein Vorzimmerdrache.

»Ich bin's. Jetzt brauche ich doch deine Hilfe. Kannst du sprechen?«

»Ja, was gibt's? Hast du was rausgekriegt? Du hörst dich an, als brennten dir die Socken.«

»Noch qualmen sie nur. Aber hör zu! Ich habe soeben die persönlichsten Unterlagen von Rechtsanwalt Grabbe zugespielt bekommen. Es scheint, daß dies extrem heißes Material ist. Wenn wir Glück haben, dann gibt es entscheidende Hinweise. Aber leider ist der Mist chiffriert.«

»Wie hast du denn das geschafft?« Ferdinands Stimme fehlte die Bewunderung, eher klang sie mißtrauisch. Er schien zu riechen, daß das nicht ganz mit rechten Dingen zugegangen war.

»Berufsgeheimnis, mein Lieber.« Mit diesem Hinweis gab ich ihm die Bestätigung für seine Vermutungen.

»Mensch, paß auf, Marie! Das können die Nerven des Besitzers im Zweifel nicht ertragen.«

»Das weiß ich bereits. Er hat sich soeben bei mir gemeldet und klang nicht besonders freundlich. Ich hab's auf Band. Bin nicht rangegangen.«

»Komm mir bloß nicht mit Personenschutz! Da ist überhaupt nichts zu machen. Du weißt, daß die Freunde aus Wiesbaden den Finger drauf haben.«

»Schon klar. Ich will etwas anderes. Kann ich vorbeikommen?« fragte ich.

»Wie wär's, wenn ich zu dir käme?« fragte Ferdinand zurück.

»Besser nicht. Ich habe es auf etwas abgesehen, das ihr im Präsidium habt. In einer Viertelstunde bin ich da!« Der Hörer lag auf der Gabel, bevor Ferdinand die Chance zum Widerspruch gehabt hätte. Er tat mir nun wirklich leid – es ist schließlich alles andere als angenehm, wenn einem die Hände durch eine übergeordnete Behörde gebunden sind, und, sofern es ganz blöde liefe, auch noch mit einem Disziplinarverfahren rechnen zu müssen.

Ich schloß den Koffer nebst Inhalt seufzend in die unterste Schreibtischschublade. Selbstverständlich war ich versucht, ein paar Einsen mit drei Nullen unter der Banderole hervorzuziehen... aber das hatte Zeit. Noch war das alles Beweismaterial in einem schwebenden Fall und, je nachdem wie es liefe, war ich auf das Wohlwollen der Bundesbullen, und nicht nur Ferdinands, noch angewiesen. Wenn sich da herausgestellt hätte, daß ich mal eben ein paar Tausender... Dafür lohnte der Aufwand ohnehin nicht. Dann schnappte ich mir den Stapel Kopien, stopfte ihn in eine Tasche und machte mich auf den Weg. An der Tür holte mich das Klingeln ein. Verdammt, ich hatte vergessen, Nigel, wie verabredet, auf die Maschine zu sprechen, daß einstweilen alles in Ordnung war. Ich rannte also zurück und hörte bereits die ersten Worte aus dem Anrufbeantworter.

»Hier spricht HaJo«, sagte eine mir bekannte Stimme wie aus der tiefsten Grube heraus. Ich stöhnte auf und nahm ab.

»HaJo, ich habe gerade überhaupt keine Zeit. Wenn

du Glück hast, melde ich mich bald bei dir mit einigen Ergebnissen, nur jetzt darfst du mich nicht aufhalten.«

»Ich höre mit Vergnügen, daß du überhaupt noch tätig bist«, murrte er in gewohnter Gemächlichkeit in den Hörer. »Ich liege hier hilflos zu Hause, krankenhausreif geschlagen und Opfer eines Verbrechersyndikats, und der einzige Mensch, der das ignoriert, ist die Privatdetektivin, die ich engagiert habe. So habe ich mir unsere Zusammenarbeit allerdings nicht vorgestellt. Wenn ich meinen Verlag so betreiben würde...«

Ich hängte einfach ein. Damit er mich nicht wieder behelligen konnte, wählte ich sofort meine eigene Nummer und sprach Nigel auf den Anrufbeantworter, wo ich in dringendsten Fällen zu erreichen sei. Dann machte ich endgültig, daß ich wegkam.

Ferdinand empfing mich grinsend. »Du weißt doch, daß ich dir keine Bitte abschlagen kann. Hättest nicht so hastig aufzulegen brauchen. Nimm Platz und erzähl.«

Ich schob die Kopien über den Tisch zu ihm, und er blätterte wahllos darin herum.

»Und was ist mit dem Zeug?« fragte er.

»Das sind Kopien von Grabbes Unterlagen. Schau mal ganz hinten und dann noch hier.« Ich zeigte ihm die Stelle.

»Scheint nicht für jeden gedacht zu sein, Ruth Maria.« Ferdinand schaute mich mit seinen klaren blauen Augen an. »Aber du willst es natürlich wissen, stimmts?«

»Haargenau«, ich erwiderte seinen langen Blick. »Ihr habt doch die entsprechenden Spielzeuge dafür. Oder täusche ich mich?«

»Das kann ich dir beim besten Willen nicht sagen. Wenn das eine ausgebuffte Codierung ist, kann sich auch unser Computer die Chips dran porös rechnen. Und dann müßte man an eine andere Maschine...«

»... und die steht beim BKA«, unterbrach ich ihn. »Aber versuchen könnte man es doch mal. Oder?«

Ferdinand hatte bereits den Hörer in der Hand. »Max,

ist euer Gerät frei? – Ja? – Handschriftliche Vorlage, in Kopien. – Ob ihr das scannen könnt? – Keine Ahnung. Ich komm mal rüber!« Dann legte er auf.

»Ich laß mal eben eine Kopie machen, dann kannst du diesen Kram mit ins Schwimmbad nehmen.« Er ging zur Tür.

»Blödmann! Seit dem letzten Streik im öffentlichen Dienst geht's dir bestimmt besser als mir. Der pure Neid!«

Ferdinand winkte lachend ab und gab der Hüterin seines Vorzimmers die Papiere zum Kopieren.

Wenig später gingen wir zum Kollegen Max und erfuhren, daß es mindestens Abend werden würde, bis die Daten klar seien – wenn es überhaupt hinzukriegen wäre. Und dann liefe der Computer wohl die Nacht durch.

Nichts mehr zu tun für heute? Im Gegenteil, aber ich haßte es, warten zu müssen, und blieb ungeduldig.

»Fahr nach Hause, Ruth Maria«, empfahl mir mein erfahrener Freund und Helfer. »Du kannst jetzt hier nichts tun. Denk dir, wenn es nicht anders geht, ein paar neue Kombinationen aus. Oder lies ein Buch über Rechtsradikale. Es gibt da eine Reihe von Veröffentlichungen, die auch vom BKA empfohlen werden...«

»Das BKA!« schnappte ich zurück. »Das ist doch immer noch mit dem angeblichen Terror von links beschäftigt. Aber schon gut, ich werde dich hier nicht weiter belästigen...«

Dienstag, 18. Juli, 9 Uhr. Ich war vor einer Viertelstunde erst ins Büro gekommen und wurde durch massives Klingeln aus meinen Notizen aufgeschreckt, mit denen ich versucht hatte, meinen bisherigen Kenntnisstand und meine Spekulationen über die möglichen Zusammenhänge und Verbindungen der verschiedenen Personen zu kollationieren. Soeben hatte ich mich an der Hypothese versucht, daß der Überfall auf HaJo mit dem Tod des jungen Fahrraddiebs zusammenhängen könnte. Die Klingel schepperte gnadenlos und verbat mir, länger zu warten. Unsicher ging ich zur Tür und war sehr im Zweifel darüber, ob nicht ein paar Skinheads in Grabbes Auftrag hierher zum ›Aufräumen‹ abkommandiert worden waren. Durch die Gegensprechanlage hörte ich die Stimme des BKA-Beamten Miller.

»Miller, Bundeskriminalamt. Öffnen Sie die Tür – wir haben einen Durchsuchungsbefehl.«

Der Schweiß gefror mir beinahe auf der Stirn. Es blieb nichts, als den Summer zu drücken und die Kopien, über denen ich gebrütet hatte, in einer Schreibtischschublade verschwinden zu lassen. Keine Minute später hielt mir Miller, in Begleitung von vier Beamten, einen amtlich aussehenden Zettel unter die Nase und drängte sich im selben Moment an mir vorbei zur Tür hinein. Ich wurde regelrecht überrannt.

»Kann ich den Wisch bitte mal in Ruhe anschauen?« fauchte ich.

Miller drückte ihn mir in die Hand und beachtete mich nicht weiter. Seine Beamten waren bereits tatkräftig über die drei noch unausgepackten Umzugskisten und die Küchenschränke hergefallen.

Der Durchsuchungsbefehl war natürlich in Ordnung.

»Und mit welchem Grund, wenn ich bitten darf?« zischte ich Miller an.

»Unterschlagung von Beweismaterial, Frau Kadell!« antwortete er völlig unaufgeregt.

»Wie bitte? Und außerdem VON Kadell, falls das Ihr Anstand zuläßt.«

»Von mir aus«, brummte er zwischen beinahe geschlossenen Zähnen hervor und gab gleich mit einer begleitenden Handbewegung dem ihm am nächsten stehenden Spürhund einen Befehl. »Kutter! Der Schreibtisch!«

Kutter trollte sich wie befohlen und ließ sich auf meinem Stuhl nieder. Er zog Schublade für Schublade auf, schüttelte den Kram auf die Schreibtischplatte und stellte sie dann völlig entleert an die Stirnseite des Tisches. Endlich war er bei der untersten angekommen – und natürlich fand er den Koffer, unter dem die Kopien lagen. »Ihr könnt aufhören!« sagte er zu seinen Kollegen, noch bevor er den Koffer überhaupt in die Hand genommen hatte. »Hier ist er!«

Miller ging zu ihm und versuchte, den Koffer zu öffnen. Heute mittag hatte ich das Zahlenschloß wieder verriegelt – und Miller fluchte leise, während ich ob meiner Weitsicht frohlockte. Dann richtete er sich auf und drehte sich zu mir um.

»Haben Sie den Koffer geöffnet?« wollte er wissen.

»Jetzt hören Sie mal genau zu.« Ich hatte eine Sauwut. »Dies ist mein Koffer, und der geht Sie einen gottverdammten Scheißdreck an. Haben Sie das verstanden?«

»Ich weiß sehr genau, was mich etwas angeht und was nicht, Frau VON Kadell!« Jetzt betonte er den Adelstitel in einer Weise, die mir deutlich zu verstehen gab, was er darüber hinaus noch von mir hielt. »Also was ist? Machen Sie mir nichts vor – wir wissen doch genau, wo Rechtsanwalt Doktor Grabbe das Ding abhanden kam. Meinen Sie, wir sind blind?«

Damit hatte ich nicht gerechnet. Sollte das BKA Grabbe tatsächlich überwacht haben? Ich konnte es eigentlich nicht glauben, doch anders war Millers Äußerung wohl kaum zu verstehen.

»Haben Sie den Koffer geöffnet?« Millers Stimme wurde noch unangenehmer.

»Nein«, log ich. »Sie sehen doch, daß da ein Zahlenschloß dran ist. Ich kenne die Kombination nicht.«

»Das ist vielleicht besser für Sie... Wir nehmen ihn mit, die interessanten zugehörigen Unterlagen natürlich auch.« Die Kopien hatten sie übersehen – einstweilen gut so. Dann wandte er sich an seine Leute. »Auf geht's. Wir können abrücken.« Mir drehte er im selben Moment den Rücken zu und wollte sich davonmachen.

»Moment mal, Herr Miller.« Ich ging ihm nach. »Ich möchte eine Quittung dafür!«

»Seien Sie lieber auf der Hut, daß Sie die nicht wirklich erhalten!« Mit diesen Worten ließ er mich stehen – sie waren eindeutig genug.

Der Spuk hatte vielleicht zwanzig Minuten gedauert – mir schien er eine Ewigkeit. Völlig entnervt ließ ich mich mit einem eiskalten Campari-Soda und einer ›Gitane‹ in den Korbstuhl auf dem Balkon sinken.

»Verdammt«, dachte ich. »Das ist schon eine Scheißgeschichte!«

Ich konnte froh sein, daß sie den Koffer so schnell gefunden hatten und nicht mein Büro auf den Kopf stellten. Außerdem war es zwar nicht besonders geistesgegenwärtig von mir gewesen, die Kopien gleich zum Koffer zu legen – es war nur Glück, daß sie übersehen wurden, tröstete ich mich. Einer von Millers Leuten hatte parallel Bad und Küche durchkämmt und sogar den Spülkasten in der Toilette angehoben. Und dann wäre ich außerdem wegen Verdunkelungsgefahr dran gewesen: Das Verstecken wichtiger Beweismittel hätte Miller einen höchst willkommenen Vorwand geboten, mich vorsorglich in ›Schutzhaft‹ zu nehmen.

Ich hatte einiges zu grübeln. Hatte das BKA Grabbe tatsächlich observiert? Aber warum hatten sie dann nicht früher eingegriffen, bereits unten am Eisernen Steg die Kids geschnappt? Oder mich, als ich auf dem Weg ins Büro war oder gleich im Büro selbst? Das BKA braucht doch nicht zwingend in jedem Fall einen richterlichen Durchsuchungsbefehl – erst recht nicht bei ›Gefahr im Verzug‹! Wußten die denn auch, daß ich mit den Kids zusammenarbeitete? Oder weshalb hatten sie so seelenruhig dabei zugeschaut, als die Gang den Koffer klaute? Und warum identifizierte besagter Kutter den Koffer, noch bevor er ihn näher betrachtet und seine Richtigkeit bestimmt hatte? Und was erzählte ich jetzt den Kids? Machten die

Wiesbadener vielleicht jetzt auch noch Ferdinand die Hölle heiß – so unwahrscheinlich wäre das schließlich nicht. Falls sie mich den ganzen Tag nicht aus den Augen gelassen hatten, dann konnte ihnen auch nicht entgangen sein, daß ich im Polizeipräsidium gewesen war. Dann würden sie Ferdinand in die Mangel nehmen, ihm die Hölle heiß machen, dahinterkommen, daß ich doch in den Koffer geschaut hatte. Und die sechzigtausend Mark waren auch beim Teufel. Ich war reichlich entmutigt.

›Ferdinand anrufen‹, schoß es mir durch den Kopf. Vielleicht war noch etwas zu retten, wenn ich es schaffte, ihn vorzuwarnen. Er meldete sich sofort – ein gutes Zeichen dafür, daß niemand anderes bei ihm im Büro war.

»Ferdinand«, ich war aufgeregt, »die ganze Sache kocht über!«

»Sei nicht so ungeduldig, Marie! So schnell sind die nicht. Nicht vor heute abend!« Er hatte mich anscheinend nicht verstanden.

»Das meine ich nicht. Hör doch mal zu!« flehte ich ihn an. »Ich hatte Besuch vom BKA inklusive Haussuchung! Die haben den Koffer gefunden und das Notizbuch mitgenommen!«

»Au, Mist!« Die Antwort war eindeutig.

»Ich wollte dich gleich warnen. Vielleicht tauchen die noch bei dir auf!«

»Das ist gut, daß du's sagst. Da läßt sich vorbauen. Aber ich glaube es nicht, daß sie sich blicken lassen. Dann wären sie schon da. Erzähl mal genauer!«

Viel war es zwar nicht, was ich Ferdinand sagen konnte, doch er beruhigte mich damit, daß die Kopien noch da waren – und auf all meine Zweifel würde er besser antworten können, wenn wir uns um zwölf zum Mittagessen an einem der Tische im Vorgarten der Pizzeria ›Elba‹ in der Hamburger Allee treffen würden...

Auf dem Weg dorthin rief ich die Kids aus einer Telefonzelle an und beichtete – einfach war es nicht, doch schließlich hatten sie alles begriffen. Abgrundtiefe Enttäuschung war aus ihren Stimmen unschwer herauszuhören.

»Und wofür dann alles heute früh, wenn sie sich den Koffer einfach wieder abnehmen läßt?« Ich konnte die mißtrauische Stimme Corinnas erkennen. »Und die ganze Kohle ist weg?« Das war Jan aus dem Hintergrund.

»Ruft mich auf keinen Fall mehr an, weder zu Hause noch im Büro«, schärfte ich ihnen zum Abschluß ein. »Spätestens von nun an werden meine Apparate abgehört. Ich melde mich wieder bei euch.«

Das Mittagessen mit Ferdinand in der Pizzeria weckte einige zärtliche und eine ungute Erinnerung – auf dem Weg von hier in die Szenekneipe ›Orfeo‹ war einst vor meinen Augen eine Informantin und unbequeme Zeugin umgebracht worden –, brachte aber kaum Neues. Ferdinand versuchte mich aufzurichten, indem er vor allem auf seinen Kollegen Max schwor: seine Kombinationsgabe sei legendär, er selbst der ausgebuffteste Profi der BRD, wenn es um politische Decodierungen gehe...

»Warum ist er dann nicht längst bei eurem Superverein, dem BKA?« fragte ich mürrisch, als ich nach der Pasta in meinem Espresso rührte.

Die schattige Terrasse und die Atmosphäre hier – wie in einer guten Osteria irgendwo in Italien – hatten meine Lebensgeister wieder geweckt, aber meinen Unmut nicht beschwichtigt. Zum erstenmal in meiner steilen Karriere als Privatdetektivin war ich der Polizei – und jetzt auch noch dem BKA! – voll ausgeliefert. Bisher war es mir immer gelungen, diverse Trümpfe in der Hand zu halten. Jetzt hatte ich nichts als Nigels Fotos...

»Max ist ein alter Linker«, sagte Ferdinand. »Und wie du richtig bemerktest, forscht das BKA zuallererst, am liebsten und am intensivsten in diese Richtung. Er hat keine Lust, alten Demonstrationskollegen auf diese Weise wieder zu begegnen. Lieber befaßt er sich mit den anderen alten Kameraden...«

»Da hat er ja jetzt sein Lieblingsspiel auf dem Schirm«, gab ich versonnen zur Antwort und faßte langsam wieder Mut.

»Und ob!« sagte Ferdinand. »Ich sage dir, Max ist schneller als das BKA.«

»Dein Wort in Schönhubers Ohr«, sagte ich. »Ich fahre jetzt nach Hause und erwarte dort deinen Anruf. Ich ärgere mich außerdem schwarz, daß ich ehrliche Haut den Koffer nicht um ein Bündelchen erleichtert habe. Ich habe zwei Klienten derzeit – der eine kann, der andere wird vermutlich nicht zahlen. Und da lasse ich schwarzes Geld einfach so weiterwandern, in die Panzerschränke unserer Republik!«

»Du rührst mich wahrhaftig zu Tränen«, sagte der Polizeioberkommissar. »Wenn es dir Trost bringt, werde ich mir erlauben, deine ›Penne arrabiata‹ auf Spesen abzurechnen. Das ist dann immerhin eine kleine Entschädigung.«

Zu Hause fand ich einen vollständig genesenen Jekyll und einen Zettel von Nigel vor. »Der Hund ist wieder in guter Verfassung und spricht inzwischen fast fließend Englisch, wie es seiner Rasse entspricht«, stand darauf, und dann: »Udo hat angerufen, ich bin ans Telefon gegangen, weil ich dachte, Du wärst es. Manchmal versagen sie eben, die Intuitionen... Er klang keineswegs erfreut, als ich meinen Namen nannte. Hinterlassen wollte er nichts.«

Ich zischte vor Zorn durch die Zähne. Beinahe eine Versöhnung, und dann dieser dumme Zufall! Aber vielleicht war Nigel doch mehr als ein dummer Zufall? Mir fehlte nur die Zeit, es herauszufinden...

Ich las schließlich weiter: »Bin ca. um halb neun zurück und hoffe sehr, Dich noch lebendig anzutreffen, mit allen Gliedmaßen, dem Rumpf und allem, was im Kopfe ist. Anbei eine Anlage zur Beschäftigung desselben. Zum Trost auch noch ein Shakespeare-Zitat: »When in disgrace with fortune and men's eyes / I all alone beweep my outcast state / and trouble deaf heaven with my boothless cries ... – Schluß folgt, wenn ich zurück bin.« An den Zettel war eine Kopie geheftet. Ich las:

»Aktion Neue Rechte (ANR), Gegründet: 1972 vom ehemaligen bayerischen NPD-Landesvorsitzenden Siegfried Pöhlmann. Ausrichtung: erste Sammelorganisation und ›Sprungbrett‹ für die Ausdifferenzierung der ›Neuen Rechten‹ in der BRD« ...

»Alleanza Toscana, siehe: Lega Emilia Romagna, Lega Lombarda.«

»British League of Rights, Gegründet: 1970. Vorsitz: Don Martin. Ausrichtung: rassistisch, antisemitisch; Überbrückungsgruppe zwischen einerseits kirchlichen und militärischen Kreisen und andererseits rechtsextremen Gruppen; Organ: ›On Target‹ (Auf der Zielscheibe)«

»Wir selbst (›Zeitschrift für Nationale Identität und internationale Solidarität‹). Gegründet: 1979 von Mitgliedern der Jungen Nationaldemokraten (Koblenz); erscheint zweimonatlich. Auflage: etwa 5000. ›Wir selbst‹ wird in der ›druck text GmbH Koblenz‹ zusammen mit ›Südafrika Journal‹ (Pro-Apartheidspropaganda) und ›Christen drüben. Organ des Christlich-Paneuropäischen Studienwerks e.V.‹ (›Brüsewitzzentrum‹) und anderen Zeitschriften hergestellt. Stellt rechtsextreme Ideologie in ›linker‹ Verpackung dar und versucht dadurch Friedens- und Ökologiegruppen ideologisch zu beeinflussen.«

Mir schwindelte. Die Liste umfaßte mehr als dreihundert Namen und war überschrieben mit ›Alphabetisches Verzeichnis radikal rechter Organisationen und Zeitschriften‹. Darunter stand die deprimierende Bemerkung: »Dieses Glossar erhebt keinen Anspruch auf Vollständigkeit.« Nigel hatte die Quelle angegeben: ›Die Rückkehr der Führer‹, ein schon 1989 in Österreich erschienenes Buch.

»Das ist nur ein erster Hinweis«, lautete ein Zusatz in Nigels unordentlicher Handschrift. »Vermutlich sind in den letzten Jahren eine Reihe von Gruppierungen hinzugekommen – wie ja auch ein paar Bundesbürger. Aber ein Anfang der Katalogisierung ist gemacht...«

Ich machte mir einen doppelten Espresso, schließlich konnte es eine lange Nacht werden. Dann rief ich HaJo an, der Gott sei Dank nicht zu Hause war. So konnte ich ihm getrost auf den Anrufbeantworter sprechen, daß er bald von mir hören würde und ich ihm empfehlen möchte, selber nicht bei mir anzurufen – »aus Gründen, die dir aufgrund deiner Biographie unmittelbar einleuchten müßten«.

Natürlich hatte ich ihm damit ein faules Ei ins Nest gelegt, aber genau das machte mir ja Vergnügen. Der Hinweis auf seine staatsunterminierende Tätigkeit, um die er so gern ein großes Gewese machte, würde ihm zunächst einmal sehr schmeicheln. Daß er sich für ihn auch ungünstig auswirken könnte, würde ihm erst mit Verzögerung bewußt werden – und dann hatte ich hoffentlich das bißchen Honorar von ihm, das ich ihm abpressen konnte.

Herr Bertram hatte sich inzwischen nicht wieder gemeldet – aber er wußte ja auch, daß ich ihn sofort aufsuchen würde, wenn ich etwas herausgefunden hätte.

Ich holte mir ein paar Cracker aus der Küche und beugte mich über die Liste. Nigel hatte an einigen Stellen Randbemerkungen hingekritzelt – offenbar hatte er sich intensiv mit der Sache beschäftigt, noch in letzter Zeit, denn einiges hatte er selbst aktualisiert. Die internationale Vernetzung dieser Gruppen, aus der niemand ein Geheimnis machte, war tatsächlich erstaunlich. Wenn man daraus schloß – und das konnte man beruhigt –, daß jede zweite Gruppe Verbindung zum großen Geld haben mußte, zugleich aber wußte, daß das große Geld auch mit Macht in Banken und Institutionen einherging, konnte einem angst und bange werden. Vermutlich würde man, wenn man einen Faden bis zum Ende verfolgte, an den dicken Knoten gelangen: aber ob das BKA daran besonders interessiert war?

Die Reste meines staatsbürgerlichen Bewußtseins gerieten langsam ins Wanken, und meine Gedanken drehten sich im Kreis. Immer wahrscheinlicher erschien mir, daß zwischen HaJos Manuskriptklau und dem guten Rechtsanwalt eine Verbindung bestand und daß der Autor von HaJos Enthüllungsbuch auch jenen Plänen auf der Spur gewesen war, die nun beim BKA in Wiesbaden lagerten. Aber die Rolle der Fahrradgang –

An dieser Stelle ging das Telefon. Gehetzt nahm ich ab und fragte: »Ja?«

»Ich bin's nur, Nigel«, sagte seine akzentfreie Stimme. »Ich wollte sagen, daß ich auf dem Weg zu dir bin – damit du mich nicht mit dem Schießeisen empfängst, wenn du Geräusche an deiner Wohnungstür hörst.«

»Sehr rücksichtsvoll«, sagte ich und mußte wider Willen grinsen. »Aber neonazistischen Schlägertruppen pflege ich meinen Zweitschlüssel nicht schon nach dem ersten Kennenlernen zu übergeben…«

Nigel war keine zehn Minuten da, da ging das Telefon erneut. »Melde Vollzug«, sagte eine knappe Stimme am anderen Ende. Dann wurde sofort aufgelegt.

Ich schmiß mich in aller Eile und ungeachtet der Hitze in Jeans und Lederjacke – die Montur für brisante Stunden. Dann gab ich Nigel einen langen Kuß und sagte: »Ich erkläre dir alles später. Paß auf den Hund und dich auf!«

Draußen nahm ich ein Taxi, gab dem Fahrer einen Fünfzigmarkschein und sagte: »So schnell wie möglich zum Polizeipräsidium!«

Der Fahrer – ein dicker Hesse, der in einem fort quatschte und quatschte – war offenbar geschmeichelt, in einen heißen Fall beinahe verwickelt zu sein, und gab sein Bestes. Vier Minuten später hielten wir mit quietschenden Reifen am Parkplatz, wo mich Ferdinand schon erwartete. »Hast du die Fotos?« stieß er hervor. Ich nickte nur. »Dann ab in die Minna!« sagte er kurz. »Den Knaben greifen wir uns!«

Auf der Fahrt klärte er mich auf: Kollege Max hatte, offenbar von politischer Raserei getrieben, tatsächlich besser gearbeitet, als das BKA erlaubt. Die wichtigsten Codierungen waren in Klarnamen übersetzt, der Verbindungsmann zu den Großen im Hintergrund war offenbar Grabbe selbst – der eben auch Kontakte zu den notwendigen Schlägertrupps besaß. »Dieses Notizbuch ist Dynamit«, sagte Ferdinand anerkennend. »Mir rätselhaft, warum der Trottel so etwas mit sich führt. Vermutlich hat er sich voll auf seine Codierung verlassen – die übrigens tatsächlich gut ist.«

»Und warum darfst du jetzt doch ermitteln?« fragte ich. »Ich dachte, du mußt immer brav auf Wiesbaden warten?«

»Wenn wir hier schneller sind, sollen die sich ruhig mal schämen. Bei der Ausstattung, die die haben... Außerdem ist ja noch ein Mordfall anhängig, und der fällt in mein Gebiet: der Junge, den sie überfahren haben. Mir gegenüber haben sie einen Zusammenhang geleugnet, ob aus Blödheit oder aus Taktik, kann ich jetzt noch nicht beurteilen. Aber jetzt ermittele ich nicht politisch, sondern in eben diesem Mordfall. Und bis die aus Wiesbaden hier sind, hat sich Grabbe vielleicht schon abgesetzt...«

Er unterbrach sich und rief unwirsch nach vorn: »He, Kalli, fahr zu, du bist nicht mit deiner Familie unterwegs. Wir kennen die Aussicht!«

Der Fahrer gab Gas, hinter uns legten auch die Minnas im Tempo zu.

Wenige Minuten später schmissen wir uns vor Grabbes Haus aus den Autos.

»Umstellen!« gab Ferdinand knapp das Kommando an die anderen weiter. Dann klingelte er und sagte in die Gegensprechanlage: »Kriminalpolizei. Das Haus ist umstellt. Flucht ist zwecklos, Dr. Grabbe. Öffnen Sie sofort das Tor.«

In der Haustür stand Grabbe selbst, das Gesicht fleckig vor Schweiß. »Ist aber auch sehr heiß heute«, sagte ich tröstend und grinste ihn mitfühlend an. Er ignorierte mich nicht ohne Mühe und wandte sich an Ferdinand Kaiser: »Was soll das alles? Ich habe das Recht...«

»... auf einen Anwalt. Sollen Sie haben, mein Bester, sollen Sie haben. Sie werden ihn auch gut brauchen können. Einstweilen bitte ich um Ihre Hände –«, er legte ihm Handschellen an. »Ihre Frau ist nicht zufällig im Haus?«

»Ich bin allein hier. Sie ist auf Gran Canaria«, gab Dr. Grabbe gepreßt zurück. »Wir haben da ein Ferienhaus, um das kümmert sie sich. Ich wollte ihr am Donnerstag nachfahren...«

»Da sehe ich wenig Hoffnung«, sagte Ferdinand knapp. »Aber die Temperaturen in Frankfurt sind derzeit ja auch nicht übel. Nur der Meerblick kommt Ihnen abhanden.«

Er wandte sich an den Fahrer: »Karl, sag den anderen Bescheid, sie sollen jetzt Haus und Garten durchkämmen. Alles durchsuchen, alle Unterlagen mitnehmen. Die Spurensicherung soll sich an die Arbeit machen, fotografieren, das Übliche. Ich nehme den Herrn jetzt mit zurück ins Büro, Kaspar soll fahren. Sag Bescheid, daß sie jemanden zur Vernehmung bereitstellen und fürs Protokoll. Und Kaffee wäre nicht schlecht. Die Sache wird sicher dauern. Die beiden Köter laß hier abholen.«

Draußen nahm er mich beiseite. »Sei mir nicht böse, Ruth Maria, aber das muß ich jetzt alleine machen. Die Rüge aus Wiesbaden ist ohnehin fällig – wenn dazu noch rauskommt, daß ich eine Zeugin, die sich selbst verdächtig gemacht hat, am Verhör habe teilnehmen lassen, ist eine Versetzung fällig.«

Diese Drohung machte mir Eindruck. »Ruf mich an, wenn's vorbei ist«, das Versprechen nahm ich ihm noch ab.

Ich fuhr am besten China-Imbiß der Stadt vorbei und nahm ein Festessen mit. Dann stürmte ich die Wohnung und öffnete mit Nigel eine Flasche Champagner, – mindestens eine liegt bei uns immer auf Eis, weil bei jedem gelösten Fall eine kleine Fete fällig ist.

Zwischen Frühlingsrolle und Entenklein stieß ich hervor, was ich schon wußte oder vermutete: »Die Verbindungen sind ziemlich klar. Grabbe war der Mittelsmann für alle schmutzigen Geschäfte, und sein Notizbuch läßt offenbar kaum etwas aus, das ein Polizistenherz erfreuen kann. Ferdinand wird ihn mit deinen Fotos konfrontieren und ihn damit unter Druck setzen, daß wir sogar die Aktionen beobachtet haben, bei denen er sich ganz sicher fühlte –«

»– zumal ja der Typ den Kids die Polaroid samt Bildern abgegriffen hat und meinte, aus dem Schneider zu sein«, ergänzte Nigel kauend.

Ich unterbrach meinen Bericht: »Es geht mich zwar nichts an, Mr. Nigel Emerson. Aber Ihre Sprache hat während des kurzen Aufenthalts in unserer schönen südhessischen Stadt – denn doch – deutlich gelitten. Alle Würde ist ihr abhanden gekommen und jene Schönheit, die mich für einen kurzen, lang werdenden Moment beeindruckt, wenn nicht bezaubert hatte...«

»Quatsch mit Soße«, sagte er zufrieden. »Nicht meine Sprache hat dich beeindruckt, sondern mein Umgang mit der Kamera und meine Pflege deiner dämlichen Bulldogge. Klär mich lieber weiter auf.«

Ich nahm einen weiteren Schluck. »Die Sache ist vermutlich überraschend einfach: Die Loge hat von dem Manuskript bei HaJo Lunte gerochen – nicht weiter schwierig, nehme ich an. Also haben sie Grabbe damit beauftragt, die Papiere abzugreifen und HaJo einzuheizen. Dieser hat sich die Fahrradgang zum Vorbild genommen. Die Polizei hat natürlich nicht reagiert – auf dem rechten Auge blind, wie üblich. Dieser ominöse Chauffeur, der den Jungen auf dem Gewissen hat, ist natürlich sofort nach dem Mord untergetaucht –«

»– und da die Bullen an einen Unfall glaubten, haben sie sich auch nicht auf die Fährte gesetzt, die Ärsche –«

»Du überraschst mich immer wieder. Jedenfalls vermute ich, daß eben dieser Chauffeur Madame Grabbe gerade den Garten in Gran Canaria umgräbt, da haben die

Herrschaften nämlich ein Ferienhaus. Aber auf den Gedanken wird Ferdinand auch ohne meine Hilfe kommen. Das hoffe ich jedenfalls.«

»Und der Manuskriptklau von HaJo?«

»Na ja, mein Auftraggeber wird es vermutlich anders sehen«, sagte ich und löffelte in dem Eiskaffee, den Nigel liebenswürdigerweise vorbereitet hatte, »aber im Grunde war diese Attacke auf ihn genau das, was er gebraucht hat. Denn erst diese Warnung stellt den definitiven Zusammenhang her zwischen seinem Buch und den Logenbrüdern. Das BKA hätte es andernfalls sicher fertiggebracht, die Sache niederzuschlagen oder als Irrtum auszugeben: Da ist eben ein Aktenkoffer geklaut worden, von dem man annahm, es wäre Geld darin... Jetzt müssen sie in diesem Zusammenhang weiter ermitteln, und vermutlich greifen sie den Knaben auch. Wahrscheinlich ist es derselbe, der auch meine körperliche Unversehrtheit beinahe auf dem Gewissen hätte. Das wird eine feine Gegenüberstellung werden...«

Ich rauchte versonnen und nahm noch einen Schluck Champagner.

»Für mich ist das Ganze doppelt von Vorteil, denn wenn die Bullen da weiter recherchieren, kann ich das volle Honorar von HaJo auch wirklich fordern. Ich hätte ihm nämlich zugetraut, sich da noch rauszuwinden, nach dem Motto: Manuskript weg, Täter nicht gefunden, Auftraggeber zusammengeschlagen... Zum ersten Mal in meinem Berufsleben kann ich getrost die anderen für mich arbeiten lassen.«

»Und das Rachegefühl wird auch befriedigt...« Nigel lächelte ein wenig süßsauer.

»Tja, für dich sind das natürlich niedere Instinkte. Aber bei dem Gedanken, daß sie das Schwein einknasten, das den Jungen von Herrn Bertram auf dem Gewissen hat, wird mir doch wohl. Bei allen ideologischen Schwierigkeiten, die unsereiner so mit dem Strafrechtssystem hat – bei solchen Killern wird irgendwas Archaisches in mir wach.

Es macht den Jungen nicht lebendig, aber ich kann mir vorstellen, daß es Bertram und seiner Frau ein wenig hilft.«

Wir philosophierten noch eine Weile über Sinn und Unsinn der Justiz, was im leicht angetrunkenen Zustand flüssiger läuft als sonst. Um halb zwei schaute ich auf die Uhr und entschied, daß ich heute nacht von Ferdinand Kaiser wohl nichts mehr hören würde. Und ging mit Nigel ins Bett.

Mittwoch, 19. Juli. Das Wetter hat eben doch etwas Metaphysisches. Der erste Tag seit einer Woche, an dem ich die Augen beruhigt aufschlagen konnte, empfing mich mit hellem Grau; in den Morgenstunden war ein Gewitter niedergegangen, und in dessen Folge hatte tatsächlich so etwas wie Abkühlung eingesetzt. Ich schmiegte mich entspannt und beruhigt an Nigels knochige Schulter und schaltete das Radio ein. Die Nachrichten liefen gerade, von meinem Fall aber noch kein Wort. Statt dessen ein Wetterbericht, der Erleichterung für die kommenden Tage versprach: »Ein Tief, herannahend von Nordwest, sorgt für gemäßigte Temperaturen in ganz Deutschland...«

Nigel drehte sich zu mir herum: »Was muß ich da hören von gemäßigten Temperaturen?«

»Draußen«, beruhigte ich ihn. Der Radiosprecher schnarrte weiter: »Das Reisewetter: Paris: bedeckt, 23 Grad; Madrid: bedeckt und wolkig, 24 Grad; Rom: bedeckt, 21 Grad; London: sonnig und klar, 22 Grad.«

»Na siehst du«, sagte mein Gast befriedigt. »Das trifft sich ja bestens.«

Plötzlich wurde mir bewußt, daß Nigel bald wieder fahren würde. In dem ganzen Chaos um uns herum war ich nicht dazu gekommen, mir klarzumachen, was er mir eigentlich bedeutete. Wahrscheinlich würde es mir aufgehen, wenn er fort war, wie üblich also zu spät. Und wie sollte ich in diesem ganzen Kuddelmuddel zwischen Logen, Nazi-Schlägern, Jugendgangs und Udo auch so etwas wie Klarheit entwickeln können?

Trotzdem kränkte mich die Leichtherzigkeit, mit der dieser Engländer offenbar seinen Abgang plante. »Reisende soll man nicht aufhalten«, sagte ich also kühl. »Da das Wetter in London besser ist...«

»Sollst du es mit mir genießen, my Dear«, stellte Nigel sofort richtig. »Jedenfalls wollte ich dich dazu einladen. Voraussetzung wäre, daß du weder Neonazis noch Schlägertrupps noch eifersüchtige Beziehungsreste brauchst, um glücklich zu sein. Du kannst bleiben, solange du willst, und ich verspreche dir, daß wir nicht einmal englisch essen gehen.«

»Die Bulldogge!« fiel mir ein.

»Rosa wollte doch heute zurückkommen, erinnerst du dich?« fragte der unfehlbare Nigel zurück. »Die hat noch einiges abzubüßen – dich ganz allein zu lassen mit einem kranken Hund und in Erwartung ungebetenen Besuches... Ich bin sicher, sie wird gern Abbitte leisten.«

»Vollkommen richtig«, stellte ich erleichtert fest. Ich sprang aus dem Bett und unter die Dusche. Während Nigel für mich das Flugticket besorgte, konnte ich noch bei den Kids vorbeifahren und Bertram berichten. An Udo und HaJo würde ich schreiben – dem ersten einen Brief und dem zweiten eine Rechnung.

Den Flug verpaßte ich. Ich war nochmals ins Büro gegangen, Briefkasten leeren etcetera. Außerdem wollte ich die Sauerei noch etwas reduzieren, die die BKA-Leute hinterlassen hatten, und ein Blick auf die Terrassentür konnte nicht schaden, jetzt da Niederschläge angesagt worden waren.

Irgendwann beim Aufräumen fiel mein Blick auf den Satz Kopien von Grabbes Notizen, der in meiner Schreibtischschublade unter seinem Aktenkoffer gelegen hatte und in seiner Offensichtlichkeit von den Schnüfflern übersehen wurde, nachdem sie sich mit triefenden Lefzen auf ihren Fund gestürzt hatten.

Ich nahm die Blätter in die Hand, schaute sie versonnen an und überlegte, ob sie noch irgendeinen Nutzen haben könnten. Dann griff ich zum Telefon und hörte nach kurzem Klingeln die konzentrierte, abgehackte Stimme HaJos.

»Ruth Maria hier.« Ich ließ ihm keine Zeit für eine Antwort. »Da du morgen meine Rechnung erhältst, ich gerade am Ordnung machen bin und nebenbei mich auch noch dabei ertappte, daß ich außer einem großen Herzen Sinn für politische Notwendigkeiten habe, mußte ich dich einfach fragen, ob dein Autor sein Manuskript nicht nochmals überarbeiten will?«

»Ich kann mir nur schwer vorstellen, daß du das Verlagsgeschäft gut genug kennst, um dies zu beurteilen. Dafür gibt's Fachleute!« HaJos Stimme war wieder von prophylaktischem Beleidigtsein ummäntelt. Ich grinste wunderbar in mich hinein, denn diese Antwort hatte ich erwartet. Deshalb unterbrach ich den armen Verleger, bevor er mich weiter belehren konnte.

»Laß es doch, mein Lieber! Ich dachte ja nur, daß er mit Dokumenten aus dem Innersten etwas anfangen könnte. Zum Beispiel mit den Notizen und Adressen besagten Rechtsanwalts.«

Die Stille auf der anderen Seite löste sich erst nach Sekunden.

»Das ist was anderes. Ich dachte...«

»Ja, ja, HaJo, was du gedacht hast, ist mir schon klar!«

»Ich dachte, die Unterlagen sind konfisziert?« Der Sack war noch immer mißtrauisch.

»Die Kopien nicht! Kann dein Autor jetzt was damit anfangen oder nicht?« Allmählich wurde mir das Spiel zu blöde.

»Er sollte sie zumindest sehen... interessant wäre das

schon.« Na endlich, HaJo brauchte eben immer genug Zeit, sich zu winden. »Ich bin sowieso in einer halben Stunde in der Stadt, dann komme ich vorbei und hole mir die Sachen ab.«

Ich hatte mir die ganze Zeit schon die Frage gestellt, ob HaJo wirklich nicht wußte, wo sein Autor steckte, und ob das Manuskript wirklich so heiß war, wie angekündigt, oder ob da nicht ein gut Teil Schaumschlägerei dabei war. Einen Teil der Antwort kannte ich jetzt.

HaJo kam reichlich spät – ich scharrte bereits mit den Füßen, denn die Zeit rann und mein Weg zum Flughafen wurde immer länger. Dann zeigte ich HaJo den Mülleimer, aus dem er die Papiere ziehen konnte.

Donnerstag, 20. Juli. Tag des Widerstands – ich war immer noch unentschlossen, ob ich meinen bewahren sollte. Die Tasche stand immer noch gepackt neben mir, Rosa hatte mir einerseits ins Gewissen und andererseits gut zugeredet.

Dann das übliche lästige Geräusch. Ich zögerte kurz, ob ich abnehmen sollte, doch mein Pflichtbewußtes siegte wie meist.

»Hier Ferdinand«, sagte eine ermüdete, aber durchaus wohlgelaunte Stimme. »Melde kompletten Vollzug.«

Ich setzte mich vor Überraschung auf den Teppichboden. »Jetzt schon? Mach schnell, ich muß zum Flughafen!«

»Du hast 'nen Reisetick. Jedesmal, wenn du einen Job hinter dir hast, machst du die Mücke. So schön wollte ich's mal haben. Aber bevor du mir die Vorteile des Staatsdienstes zum xten Mal unter die Nase reibst, also in aller Kürze, was los war: Grabbe ist komplett geständig, um die eigene Haut zu retten: Er war tatsächlich nur Mittelsmann und ist schlau genug zu wissen, daß er in diesem Fall am besten fährt, wenn er uns zuarbeitet. Der Typ, der Bertrams Sohn überfahren hat, ist bereits auf Gran Canaria verhaftet. Wir haben übrigens doppelt Glück gehabt: Im Safe der WestIndustrie befanden sich diverse Überweisungsaufträge und Zahlungsanweisungen an einige, deren Namen sich auch in Grabbes Unterlagen befanden. Heute wäre das alles rausgegangen, wenn wir's nicht gestern abend in die Finger gekriegt hätten. Der schwarze Zahltag dieses Monats war offenbar der Donnerstag. Der Herr Direktor allerdings gibt sich unwissend – das übliche eben. Vermutlich bedarf es da noch eines sehr langen Aktenstudiums. Bis dieses abgeschlossen ist, darauf kannst du Gift nehmen, wird sich der Herr dank ärztlichem Attest natürlich gründlich verflüchtigt haben. Eben auch das übliche. Na ja, und dann noch eins, das BKA durchsucht im Moment diverse Büros in Frankfurt und im befreundeten Ausland. Wahrscheinlich auch ohne Erfolg. Deine Unterlagen –«

Ich hörte ein leises Knacken.

»Ferdinand?«

»Ja?«

»Wir sollten nicht allzu deutlich werden. Jedenfalls nicht, bevor du das BKA davon überzeugt hast, daß ich nicht mehr verdächtig bin. Ich bin ja schon froh, daß ich überhaupt reisen darf...«

»Weißt du das so genau? Aber gut, bis du am Flughafen bist, werde ich das Nötige unternommen haben. Und bis du zurück bist, ist auch die Leitung wieder frei.«

Ich legte auf und starrte auf die Reisetasche. Dann zündete ich mir eine Zigarette an.

Kriminalromane

Harriet Ayres (Hg.)
Schönen Tod noch, Sammy Luke
Zehn mörderische Geschichten
Band 10619

P. Biermann (Hg.)
Mit Zorn, Charme & Methode
oder: Die Aufklärung ist weiblich!
Erzählungen
Band 10839

Elisabeth Bowers
Ladies' Night
Band 8383
Unbekannt verzogen
Band 11591

Fiorella Cagnoni
Eine Frage der Zeit
Band 10769

Martine Carton
Hera und Die Moneten-kratzer
Band 8141
Martina oder Jan-Kees verliert seinen Kopf
Band 11440
Medusa und Die grünen Witwen
Band 10917
Nofretete und Die Reisenden einer Kreuzfahrt
Band 10211
Victoria und Die Ölscheiche
Band 11672

Anthea Cohen
Carmichaels kleine Listen
Band 8312
Engel tötet man nicht
Band 8209
Ein nahezu lautloser Tod
Band 8288
Tatmotiv Liebe
Band 8270

Sabine Deitmer
Auch brave Mädchen tun's
Mordgeschichten
Band 10507
Bye-bye, Bruno
Wie Frauen morden
Band 4714
Kalte Küsse
Band 11449

Fischer Taschenbuch Verlag

fi 507 / 4 a